Liv Holm

NORDSEEKRIMI

NIPPTIDE

Psiana eCom UG
Berumer Str. 44
26844 Jemgum

Inhaltsverzeichnis

PROLOG

Er spürte die Träne, die ihm die Wange hinunterlief. Sie hinterließ einen brennenden Streifen auf seiner Haut, bevor sie an seinem Kinn hinabtropfte. Mit zittriger Hand unterschrieb er den Brief, den er gerade verfasst hatte. Das wäre erledigt. Doch der zweite, wichtigere Brief würde ihn mehr Überwindung kosten – sehr viel mehr Überwindung. Er setzte den Stift an, blieb mit unruhiger Hand über dem Papier stehen und fing endlich an, zu schreiben. Ohne abzusetzen, schrieb er das hinunter, was längst hätte gesagt werden müssen. Er legte den gefalteten Brief in den Umschlag, fügte die SD-Karte hinzu und machte sich auf den Weg zu Udo Lübkes Haus. Er warf den Brief in den Briefkasten, stellte sich vor das Küchenfenster und hob die Waffe an seinen Kopf. Er hörte die Stimme der schreienden Frau und endlich öffnete sich die Haustür. Der junge Mann sah in die Augen Udo Lübkes und wusste, dass es an der Zeit war.

„Ihr Name ist Udo Lübke, ist das richtig?", fragte die freundliche Polizistin mit den mitfühlenden Augen eine knappe Stunde später, doch Lübke brachte nur ein Nicken zustande. Zu geschockt war er von dem, was sich kurz zuvor vor seiner Haustür abgespielt hatte.

„Sehr gut", lächelte die Polizistin, „Können Sie mir sagen, warum Sie hier sind?" Immer und immer wieder strich Udo Lübke mit seinen Fingern über das Blut, das sich auf seinem Shirt verteilt hatte. Sein Blick schweifte wirr im Raum umher, fand keinen Halt und seine Atmung ging flach und ungleichmäßig.

„Es ist gut", versuchte die Polizistin, den Mann ihr gegenüber zu beruhigen, „Es ist vorbei. Sie können mir anvertrauen, was Sie gesehen haben."

Die Augen des Mannes füllten sich mit Tränen, als er sich an das zurückerinnerte, was geschehen war. Seine Stimme war ein heiseres Flüstern, als er endlich zu sprechen begann: „Er hat sich erschossen. Er hat sich einfach vor meinen Augen erschossen." Und dann sprudelte es aus ihm heraus: „Ich habe gerade Kaffee gekocht, als ich einen lauten Aufschrei gehört habe. Ich bin aus dem Haus und da stand der Mann. Er hat sich eine Pistole an die Stirn gehalten. Eine Frau hat am Straßenrand gestanden und geschrien." Die Polizistin nickte. Ebendiese Frau wurde zum jetzigen Zeitpunkt von ihrem Kollegen verhört. „Und dann", erzählte Udo Lübke weiter, „hat er sich umentschieden. Er senkte die Pistole und ich dachte, es wäre vorbei. Doch dann schloss er die Augen, nahm die Pistole in den Mund und drückte ab." Udo Lübke zuckte zusammen, als er den ohrenbetäubenden Knall in seinem Kopf ein weiteres Mal hörte. Dieses Geräusch in Verbindung mit der blutigen Masse, die dem Mann aus dem Kopf gespritzt war, würde er niemals vergessen.

KAPITEL 1

Alexander sah sich auf der Tanzfläche um. Wo war das Mädel, das ihm den Mischer gebracht hatte, bloß hingegangen? Sie hatte hübsch ausgesehen und ihm das Getränk augenzwinkernd zugeschoben. Alexander war sich sicher gewesen, dass sie heute noch zusammen tanzen würden – vielleicht würde es überdies noch mehr Spaß geben. Doch dann war sie ganz plötzlich verschwunden. Den Mix aus Cola und Korn hatte er inzwischen alleine geleert und jetzt wollte er unbedingt noch mit ihr tanzen. Doch von der jungen Frau war weit und breit nichts zu sehen. Als Alexander aufstand, spürte er ein leichtes Schwindelgefühl. Der Mischer war offensichtlich stärker gewesen, als er es gewohnt war. Er hielt sich mit einer Hand an der Bar fest, schloss für einen Moment die Augen, machte sich dann auf den Weg, um die Frau zu finden. Schließlich konnte sie sich nicht in Luft aufgelöst haben.

„Hoppla. Geht's Ihnen nicht gut?", der Mann, in den Alexander hineingelaufen war, hielt ihn am Arm fest, doch Alexander schüttelte nur den Kopf.

„Zu viel Alkohol", sagte er und hörte selbst, wie verwaschen seine Sprache klang. Der Mann zwinkerte ihm zu. Er trug einen dunklen Hut und Alexander ertappte sich bei dem Gedanken, was Udo Lindenberg auf einer U30-Party zu suchen hätte.

„Kommen Sie", meinte der Mann und fasste seinen Arm fester, „Ein wenig frische Luft wird Ihnen guttun."

KAPITEL 2

Als Alexander zu sich kam, fühlte er sich elend. Er hatte keine Ahnung, wo er war, konnte mit seinem verschwommenen Blick keinen Anhaltspunkt finden. Es dauerte nicht lange, bis er wusste, dass der entsetzliche Gestank, der ihm in die Nase drang, von ihm selbst ausging. Er roch gleichermaßen sauer wie streng und spürte den entsetzlichen Schmerz, der in seinem Kopf anfing, sich durch seinen Oberkörper zog und sein Limit im Unterbauch fand. Alexander stöhnte auf, als sein Bauch sich so sehr verkrampfte, dass sein Schließmuskel das, was aus ihm herauskommen wollte, nicht zurückhalten konnte. In dem Moment, in dem sich sein Darm mit einem nicht aufhören wollenden Schwall entleerte, konnte er den Geruch zuordnen, der ihn bereits vorher umschlossen hatte.

Alexander krümmte sich zusammen und hielt sich den Unterbauch. Ihm war schlecht und schwindelig und sein Kopf drohte, zu zerschmettern. „Hallo?", flüsterte er leise in den dämmrigen Raum hinein, „Hallo, ich brauche Hilfe." Als er den in schwarz gekleideten Mann auf sich zukommen sah, atmete er erleichtert auf. Der dunkle Hut erinnerte ihn verschwommen an jemanden, den er vor Kurzem gesehen hatte. Alexander verband den Mann mit Hut mit der helfenden Hand, die ihm gereicht worden war. Auch jetzt sah er das freundliche Lächeln im Gesicht des Mannes.

„Ich brauche Hilfe", stöhnte er erneut. Der Mann schüttelte den Kopf. Alexander nahm wahr, wie sich der Hut langsam von links nach rechts und wieder zurück bewegte.

„Ich denke", hörte er die tiefe, leicht vibrierende Stimme seines Gegenübers, „Ich denke, das bekommst du ganz gut alleine hin. Das meiste hast du schon geschafft."

Alexander stöhnte auf, als eine weitere Schmerzwelle ihn überrollte. Erneut krümmte er sich zusammen, doch dieses Mal gab es nichts mehr, was sein Körper abgeben konnte.

„Sehr gut", lobte die tiefe Stimme des Mannes, „Ich sagte doch, du hast es bald geschafft. Dann können wir endlich anfangen."

Alexander sah die Hand nicht kommen, die seine umschloss und sie mit etwas Metallischem am Heizungsrohr befestigte. Als der Mann mit flinken Bewegungen zu Alexanders zweiter Hand griff, war es bereits zu spät. Er hatte keine Chance mehr, sich zu befreien.

„Stillhalten, dann tut es nicht weh", meinte der Mann und der sonore Unterton seiner Stimme klang nun ganz und gar nicht mehr vertrauenerweckend, sondern vielmehr bedrohlich. Alexanders Augen weiteten sich, als er den Schlauch sah, mit dem der Mann ihm immer näherkam. Panik erfüllte ihn und er versuchte, mit letzter Kraft gegen die Handschellen anzukämpfen, die ihn an der Heizung festhielten.

„Still", sagte der Mann wie zu einem ungehorsamen Kind. Dann nahm er die Zange und führte sie mit roher Gewalt in Alexanders Mund ein. Er hatte keine Chance, als das Metall seinen Mund weiter und weiter auseinanderdrückte. Alexander hörte, wie sein Kiefer unter dem enormen Druck knackte, er spürte, wie seine Mundwinkel einrissen. Und dann kam er – der erlösende Moment, in dem sein Körper schlaff in sich zusammensackte, weil er den Schmerz nicht mehr ertragen konnte.

KAPITEL 3

„Verdammt nochmal, kannst du mir nicht wenigstens einmal zuhören?" – Valentine Herzog sah die Wut in den Augen ihres Mannes Theo, als sie ihre Tasche nahm und verschwinden wollte.

„Würde ich ja", gab sie zurück, „aber wie du weißt, muss ich zur Arbeit. Und wenn ich die Wahl habe, mich hier von dir anschreien zu lassen oder auf der Arbeit Gutes zu tun, dann fällt mir die Entscheidung nicht schwer." Herzog sah das Funkeln in den Augen ihres Mannes. Sie warf ihre halblangen, brünetten Haare über die Schulter und drehte sich um, doch die Stimme ihres Mannes klang in ihren Ohren.

„Weil du die wichtige, hochrangige Polizistin bist, die im Gegensatz zum einfachen Malermeister die Welt so viel mehr verbessert", meinte er und ließ den Koffer, den er in der Hand hielt, mit einem gewaltigen Scheppern auf die Erde fallen.

Valentine Herzog zuckte nicht einmal mehr zusammen. Sie war die Wutausbrüche ihres Mannes inzwischen so sehr gewohnt, dass sie sie nicht einmal mehr erschreckten. „Du wirst es niemals verstehen, Theo", meinte sie resignierend, „Es ging niemals darum, wer auf der Arbeit mehr Erfolg hat, wer den höheren Rang hat oder wer wichtiger ist. Es ging bei uns schon immer nur darum, dass du und deine Minderwertigkeitskomplexe sich einfach nicht voneinander trennen können."

Mit wenigen Schritten war er bei ihr. Er packte sie an den Schultern und rüttelte sie kräftig hin und her. Valentine Herzog sah nicht besonders stark aus. Die Wenigsten würden vermuten, wie viel Kraft in der kleinen Frau mit der schlanken Figur und den zarten Gesichtszügen steckte. Doch hinter den Gesichtszügen verbarg sich eine innere Stärke, in dem drahtigen, sportlichen Körper die Kraft trainierter

Muskeln. Mit einer fließenden Bewegung drehte Valentine Herzog sich aus den Händen ihres Mannes heraus, fasste ihn an den Gelenken und nahm ihn in den Polizeigriff.

„Wenn ich wieder zuhause bin", raunte sie ihm ins Ohr, „werden du, dein Malerkoffer und all deine anderen Sachen mitsamt deinen Minderwertigkeitskomplexen verschwunden sein."

Herzog ließ ihren Mann los und sah, wie seine Arme an seinem Oberkörper entlang hinabsackten. Auch sein gesenkter Kopf war ein deutliches Zeichen von Scham. Doch welche Art Scham es sein mochte, konnte sie nicht sagen. War es die Scham, sie wieder einmal angeschrien zu haben, oder die Scham, dass sie ihn so ohne Weiteres überwältigt hatte? Als Theo Herzog den Kopf hob und sie die Eiseskälte in seinen Augen sehen konnte, wusste sie – der Kampf war noch längst nicht beendet. Theo zog sein Hemd zurecht, nahm seinen Malerkoffer, ohne sie aus den Augen zu lassen, und verließ das Haus.

„Bis später, Engelchen", rief er hinein, kurz bevor die Tür ins Schloss fiel. Valentine Herzog lief es eiskalt den Rücken hinunter. „Engelchen" – so hatte Theo sie zuletzt vor Monaten genannt, zu einer Zeit, in der noch alles gut zwischen ihnen gewesen war.

Herzog zuckte zusammen, als ihr Diensthandy sich mit dem Geräusch dröhnender Harley-Motoren meldete. „Ja?", fragte sie ins Telefon und hörte am anderen Ende das leise Auflachen ihres Kollegen.

„Wenn du dir nicht langsam angewöhnst, dich mit deinem Namen und Dienstgrad zu melden", meinte Jannis Karlsson, „dann wirst du niemals als die führende Mitarbeiterin der Mordkommission angesehen werden, die du bist." Herzog schloss für einen winzigen Moment die Augen.

„Jannis", sagte sie, ohne auf seinen letzten Einwand einzugehen, „Dein Anruf hat sicher einen triftigen Grund, richtig?" Sie hörte die Veränderung im Klang seiner Stimme bereits beim ersten Wort.

„Natürlich", meinte ihr Kollege, „Du musst ins Büro kommen. Wir haben einen Fall."

KAPITEL 4

Niemals zuvor war Valentine Herzog dankbarer für einen Fall gewesen. Bis heute hatte ihr Mann sie niemals angepackt. Schon immer war er cholerisch gewesen, laut und sicher auch nicht immer fair. Mit dem Umzug an die Nordseeküste, weil Valentine eine Beförderung bevorstand, war es noch einmal deutlich schlimmer geworden. Aber heute hatte er das Fass zum Überlaufen gebracht. Der neue Fall würde ihre Gedanken hoffentlich von ihrer zerrütteten Ehe ablenken.

„Ärger im Paradies?" – ein weiteres Mal zuckte Herzog zusammen, als die Stimme ihres Kollegen aus unerwarteter Richtung kam. Sie war gerade auf dem Weg ins Büro gewesen, als er sie bereits auf dem Parkplatz aufhielt. Valentine Herzog verdrehte genervt die Augen.

„Nichts, worüber wir sprechen sollten", meinte sie und drehte sich auf dem Absatz um, „Ich nehme an, wir fahren zum Tatort?" Ohne die Antwort Karlssons abzuwarten, stieg sie in den Wagen ein, den sie gerade erst verlassen hatte. Die Beifahrertür öffnete sich, Jannis Karlsson rutschte in einer fließenden Bewegung auf den Sitz und noch bevor die Autotür sich wieder geschlossen hatte, glitt Herzog aus der Parklücke.

„Zum Strand", gab Karlsson ihr die Antwort, noch bevor sie fragen konnte. Herzog nickte. Wenn Morde an der Nordseeküste verübt wurden, war es nicht unüblich, dass die Leichen am Strand angespült wurden. Das salzige, dunkle Wasser eignete sich hervorragend, um die Toten verschwinden zu lassen – es sei denn, sie tauchten eines Tages wieder auf.

„Wann wurde sie angespült?", fragte Herzog, doch Jannis Karlsson schüttelte den Kopf. „Dieses Mal wurde keine Leiche angespült", meinte er. Herzog warf ihm einen fragenden Blick zu, doch er erklärte bereits von selbst: „Unser Täter hat sich die Nipptide zunutze gemacht. Er hat die Leiche nahe dem Strand im Wasser abgelegt und auf der Sandbank beschwert, damit sie nicht auftaucht. Als die Nipptide vorbei war und das Niedrigwasser wieder tiefer ausfiel, wurde die Leiche freigelegt."

Erneut warf Herzog ihrem Partner einen kurzen Seitenblick zu. „Nipptide?", fragte sie schulterzuckend, „Was ist das?" Karlsson schlug sich eine Hand vor die Stirn. „Ich vergesse immer wieder, dass du nicht von hier bist, inzwischen kenne ich dich so gut, dass es sich anfühlt, als würden wir viel länger zusammenarbeiten als einige Monate", meinte er und zwinkerte seiner Kollegin zu, „Dass du noch nie etwas von einer Nipptide gehört hast, wundert mich dennoch. Schließlich findet sie alle zwei Wochen statt."

Herzogs Gesichtsausdruck veränderte sich, ihr Tonfall klang genervt, als sie sagte: „Das kommt wohl, weil ich hier ausschließlich arbeite und kaum Freizeit habe. Möchtest du mich jetzt aufklären oder weiter dein Wissen genießen?" Als sie den fragenden Blick ihres Partners sah, entschuldigte sie sich.

„Mein Morgen war scheiße – und das ist nett ausgedrückt. Ich würde jetzt gerne einfach arbeiten. Also: Könntest du mir bitte erklären, was eine Nipptide ist?"

KAPITEL 5

„Eine Nipptide entsteht, wenn der Mond in einem 90°-Winkel zur Erde und zur Sonne steht – oder in einem 270°-Winkel, das spielt hierbei keine Rolle", erklärte Karlsson seiner Kollegin, „Alle zwei Wochen gibt es durch die Richtungen der Anziehungskräfte von Sonne und Mond nahezu keinen Tidenhub. Der Unterschied zwischen Hoch- und Niedrigwasser ist sehr gering und die spürbare Ebbe und Flut entfallen. Der Niedrigwasserstand ist also höher und der Hochwasserstand niedriger als gewöhnlich. Dieser Zustand hält etwa drei Tage an."

Herzog warf ihrem Beifahrer einen kurzen Seitenblick zu. „Heißt das, dass während dieser Zeit die Nordsee in etwa so langweilig ist wie die Ostsee?", fragte sie und entlockte ihrem Partner ein kleines Schmunzeln. Darauf hatte sie gehofft, schließlich hatte sie ihn gerade eben noch zu Unrecht angeblafft.

„Das könnte man so sagen", meinte Karlsson und ergänzte: „Lass das aber nicht die Ostseeliebhaber hören. Die sind ja der Meinung, ihr langweiliges Gewässer hätte auch seine Berechtigung." Auch Herzogs Mundwinkel hoben sich für einen Moment zu einem Lächeln, hatte sie doch bis vor Kurzem selbst an der Ostsee gelebt. Ihre Gedanken schweiften zu ihrem Umzug und den daraus resultierenden Streitigkeiten mit ihrem Mann. Schon in ihrem alten Job als Streifenpolizistin hatte Herzog die Herausforderung geliebt. Nicht selten war sie medial aufgetaucht, weil sie mit ihrem überragenden Spürsinn schnell und besonders effizient arbeitete. Das war auch der Grund für den Anruf gewesen, den sie aus Sankt Peter Ording bekommen hatte. Ein neuer Zweig des Morddezernats sollte eröffnet werden und das Team würde sich außerordentlich freuen, wenn sie als Ermittlerin hinzustoßen könnte. Sie hatte nicht lange überlegen müssen, so sehr hatte sie der neuen Aufgabe entgegengefiebert. Auch Theo hatte einem Umzug nichts entgegenzusetzen gehabt. Dass sein Malereibetrieb an der Nordsee nicht so angelaufen war, wie er es sich gewünscht hätte, hatte die Streitigkeiten zwischen ihnen erst ausgelöst. Inzwischen bekam Theo kaum noch Aufträge, sodass die Krise unaufhörlich über sie hinwegrollte.

„Theo und ich werden uns trennen", Valentine Herzog erschrak selbst über ihre Worte. Eigentlich hatte sie nichts von dem Streit mit ihrem Mann erzählen wollen. Außerdem war es keinesfalls sicher, dass er verschwunden sein würde, wenn sie nach Hause kam. Doch als sie einen kurzen Blick zu ihrem Partner geworfen hatte und seinen forschenden, warmen Blick fand, war es einfach aus ihr herausgeplatzt.

„Das war Quatsch", sagte sie, während Karlsson zeitgleich meinte: „Wird auch Zeit." Herzog spürte, wie ihr die Röte ins Gesicht schoss, und sie hätte schwören können, dass ihr Partner den Blick schneller abwandte als nötig. „Vergiss einfach, was ich gesagt habe. Meine privaten Probleme haben hier auf der Arbeit nichts zu suchen", bat sie und parkte das Auto auf dem langen, weiten Strand Sankt Peter Ordings ein – dem Ort, den sie durchaus als neue Heimat sehen könnte, wenn das Drumherum sich endlich zurechtruckeln würde.

„Alles klar", stimmte Karlsson zu, während sie selbst bereits am Aussteigen war. „Ich vergesse, was du gesagt hast. Nur eins:", Herzog spürte, wie ihr Kollege sie mit sanftem Druck auf ihren Arm am Aussteigen hinderte, „Seitdem du hier arbeitest, kommst du jeden Morgen wütend an. Deine Stimmung lockert sich immer erst dann, wenn wir es mit einer Leiche zu tun bekommen. Das sollte so nicht sein. Wenn dein Mann daran schuld ist, dass du dich unter Leichen wohler fühlst, dann hat er dich nicht verdient."

Herzog schluckte, als ihr Partner nun seinerseits ausstieg und die Tür schloss. „Kommst du?", hörte sie Sekunden später seine Stimme. Karlsson hatte ihr die Tür geöffnet und schloss sie hinter ihr, als sie ausstieg. So höflich hatte sich schon lange kein Mann mehr ihr gegenüber verhalten.

KAPITEL 6

„Was haben wir?" – in dem Moment, in dem Herzog dem hiesigen Polizisten die Hand schüttelte, hatte ihr Privatleben keinen Platz mehr. All ihre Sinne mussten sich nun auf das einstellen, was kommen würde.

„Wir wurden vor eineinhalb Stunden an den Strand gerufen", rief der Polizist gegen den für die Nordsee typischen stürmischen Wind an. Immer wieder strich er sich die halblangen Haare aus den Augen, doch bei der steifen Brise hätte ihm wohl nur das Zopfgummi geholfen, das Herzog selbst in den Haaren trug. Er erklärte: „Als die Ebbe einsetzte, wurde eine Leiche freigelegt. Meine Kollegin und ich waren wenige Minuten nach dem Anruf am Tatort. Allerdings war schnell klar, dass wir hier nichts zu suchen haben. Deshalb habe ich den kurzen Dienstweg gewählt und direkt im Morddezernat angerufen. Ich bin mir sicher, dass es sich um einen Fall für euch handelt. Da möchte ich mich nicht später mit dem unnötigen Papierkram aufhalten. Außerdem wäre die Leiche sonst inzwischen wieder überspült worden und ich wollte euch die Chance geben, sie noch am Fundort zu sehen."

Herzog zog die Augenbrauen zusammen. „Ihnen ist aber bewusst, dass wir eine Sondereinheit innerhalb des Dezernats bilden?", fragte sie und der Polizist nickte. „Natürlich", bestätigte er, „Ihr habt es mit den ganz bösen Jungs zu tun, ermittelt bei Serienverbrechen oder in Mordfällen, die auf besonders grausame Weise geschehen sind. Und dass dieser Mord zu den besonders Grausamen gehört, steht außer Frage."

Herzog und Karlsson nickten gleichzeitig. In der Zeit, in der sie zusammenarbeiteten, war es bisher noch nicht zu Serienmorden

12

gekommen. Und Herzog hoffte, dass das auch nicht allzu schnell der Fall sein würde. Grausame Morde hatte sie hingegen zur Genüge erlebt. Da würde dieser sicher keine Ausnahme bilden. „Überzeugt euch selbst", bat der Polizist Herzog und Karlsson zum Tatort.

Valentine Herzog war dankbar, dass der Polizist so schnell geschaltet und sie und ihren Partner hinzugezogen hatte. Für Ermittler – gerade für so Feinfühlige, wie sie es war – war es ungemein wichtig, die Leiche noch am Fundort zu sehen. So hatten sie die Möglichkeit, sich ein konkretes Bild der Gesamtsituation zu machen, ohne allein auf Fotos zurückgreifen zu müssen.

„Ist die Spusi schon fertig?", fragte Herzog. Ermittler durften den Tatort grundsätzlich erst nach der Spurensicherung betreten, um keinerlei Spuren zu verwischen. Der Polizist nickte. „Ja", meinte er, „Die waren heute außerordentlich schnell. Außerdem sind die meisten Beweise aufgrund des Wassers längst weggespült worden. Tatortfotos sind auch bereits gemacht. Die Leiche gehört euch."

Herzog blieb stehen, schloss für einen Moment die Augen und atmete einmal tief durch. Dann machte sie sich auf den Weg zur Leiche – sie war bereit.

KAPITEL 7

„Ich würde sagen, die Leiche ist tatsächlich ein Fall für uns", hörte Herzog die Stimme ihres Kollegen durch den Wind hindurch. Sie ließ ihren Blick an der Leiche hinauf- und wieder hinabwandern und hatte keinerlei Einwände, dass sie zurecht zum Tatort gerufen worden waren. Der Kiefer des jungen Mannes war auf unnatürliche Weise geöffnet worden, sodass die Kiefergelenke hervorgetreten waren.

„Ausgerenkt oder gebrochen, denke ich", mutmaßte Karlsson und Herzog nickte: „Die Rechtsmedizin wird es uns später genau sagen können. Aber naheliegend ist es definitiv." Sie ging neben der Leiche in die Hocke und betrachtete die Mundwinkel. „Die Rückstände des Blutes sind weggespült worden", meinte sie und zeigte auf die eingerissene Haut, „Dem Öffnen des Mundes haben die Mundwinkel auf jeden Fall nicht standhalten können." Herzog stand wieder auf und ging um die Leiche herum.

„Die Arme und Beine des Mannes wurden mithilfe von Seilen zusammengebunden", stellte Karlsson heraus. „Am Ende der Seile sind Felssteine befestigt", benannte er, was er sah und stellte eine Vermutung auf:

„Anscheinend wollte der Täter nicht, dass das Opfer zu früh auftaucht."

Herzog nickte und ergänzte: „Je länger ein Mensch unter Wasser bleibt, desto mehr Beweise werden weggespült. Wasser ist hierbei sogar zerstörerischer als Feuer. Dass die Rechtsmedizin Spuren am Opfer finden wird, ist nahezu ausgeschlossen. Vermutlich sollte unser Opfer deshalb so lange wie möglich unter Wasser bleiben." Sie sah ihren Kollegen an, der sich – seinem Blick nach zu urteilen – die gleichen Gedanken machte wie sie selbst.

14

„Aber warum hat der Täter das Opfer nicht weiter draußen in die See geworfen?", stellte sie die Frage, die sie auch in den Augen ihres Partners wahrzunehmen glaubte, „Wäre er nur einige hundert Meter mit dem Boot hinausgefahren, wäre die Leiche sicher für sehr viel längere Zeit verschwunden gewesen."

Karlsson zog die Schultern hoch. „Entweder ist er schlicht nicht in der Lage, ein Boot zu steuern", mutmaßte er, „was jedoch unwahrscheinlich ist, weil die meisten Kinder ein einfaches Ruderboot lenken können. Oder aber er wollte, dass die Leiche gefunden wird – nur eben erst nach ein paar Tagen."

Herzog nickte: „Gut möglich, dass hier ein Zeichen gesetzt werden sollte. Und das geht natürlich nur, wenn andere Menschen von der Leiche erfahren. Sollte es so sein, dann hätte der Täter den Zeitpunkt des Mordes ziemlich schlau gewählt. Die Leiche ist dann lange genug im Wasser gewesen, um Spuren zu verwischen, jedoch konnte er ganz sichergehen, dass wir sie finden würden, nachdem die Zeit der Nipptide zu Ende ist." Herzog legte den Kopf schief. „Siehst du, was ich sehe?", fragte sie, blickte jedoch in das fragende Gesicht ihres Kollegen. Sie deutete mit dem Zeigefinger auf den Bauch des Opfers.

„Kommt es mir nur so vor oder ist der Bauch unnatürlich stark nach außen gewölbt?"

KAPITEL 8

„Sie hatten recht", Dr. Alfred Meinert begrüßte das Ermittlerteam mit diesen Worten, noch bevor sich die Tür hinter ihnen geschlossen hatte. Dankbar hatte Valentine Herzog noch am Nachmittag die Mitteilung auf ihrem Diensthandy gelesen, dass die Obduktion abgeschlossen sei. In den meisten anderen Mordfällen ließen entsprechende Untersuchungen häufig deutlich länger auf sich warten. Rechtsmediziner hatten schließlich nicht nur mit Morden, sondern mit Verbrechen jeglicher Art zu tun und waren damit häufig konstant überlastet – selbst an einem so harmonischen Kurort wie Sankt Peter Ording. Mordfälle der Sondereinheit des Morddezernates genossen jedoch Vorrang, sodass Dr. Meinert sich an die Besichtigung der Leiche gemacht hatte, sobald diese auf der Trage hineingerollt worden war.

„Bei der äußerlichen Leichenschau ist es bereits zu einigen Überraschungen gekommen", erklärte Dr. Meinert. Herzog konnte sich nicht zurückhalten: „Wenn Sie uns sagen, dass Sie wissen, wo der Mann umgebracht wurde, damit wir am Tatort nach Beweisen suchen können, dann wäre das ein Traum." Doch Dr. Meinert schüttelte den Kopf: „Da muss ich Sie leider enttäuschen. Der Tatort des Mordes war mit Sicherheit nicht der Fundort der Leiche. Ich komme später zu der Begründung. Spuren, die auf den Tatort hindeuten, konnte ich nach der Lagerung im Wasser jedoch nicht mehr finden." Dr. Meinert wies mit dem Finger auf das Gesicht des Opfers: „Eingerissene Mundwinkel und ein ausgerenkter Kiefer deuten auf einen Gewaltprozess hin. Der Zahnschmelz der vorderen Zähne wurde zum Teil abgeschliffen, ein Zahn ist gänzlich abgebrochen, was auf einen Gegenstand hindeutet, mit dem der Kiefer brutal geöffnet wurde."

Karlsson wandte sich an den Rechtsmediziner. „Können wir bestimmen, mit welchem Gegenstand der Kiefer geöffnet wurde?", fragte er, doch Dr. Meinert schüttelte den Kopf:

„Das Wasser hat sämtliche Rückstände weggespült. Ob es sich um einen metallischen oder anderen harten Gegenstand gehandelt hat, kann ich unmöglich jetzt noch sagen. Naheliegend wäre etwas Trichterförmiges, mit dessen Hilfe Ober- und Unterkiefer beim Hineindrücken auseinandergeschoben wurden. Auch eine Zange wäre möglich. Sicher kann ich das jedoch nicht feststellen. Kommen wir zum nächsten Punkt. Und das ist auch der Grund, weshalb der junge Mann nicht am Strand ermordet wurde. Der Mord war aufwändig und hat Zeit in Anspruch genommen. Am Strand wäre der Täter ein viel zu hohes Risiko eingegangen, beobachtet zu werden." Dr. Meinert öffnete den Mund des Opfers und richtete die Lampe auf den Rachenraum.

„Hier", sagte er und winkte das Ermittlerteam zu sich heran, „Der Rachen des Opfers ist wund, zum Teil ist die weiche Haut eingerissen." Herzog und Karlsson nickten. Deutlich konnten sie die Einrisse im Rachenraum des toten Mannes sehen.

„Was bedeutet das? Wurde ihm etwas in den Hals gesteckt?", fragte Herzog und Dr. Meinert sah sie mitfühlend an. „Das ist naheliegend", meinte er und schüttelte den Kopf, „Ich mag mir gar nicht vorstellen, was der junge Mann durchgemacht haben muss, bevor er gestorben ist. Wir können nur hoffen, dass er von der Prozedur nicht allzu viel mitbekommen hat."

KAPITEL 9

„Von was für einer Prozedur sprechen wir?", stellte Michael Hagedorn, der Leiter des Morddezernats, kurze Zeit später die Frage, die auch das Ermittlerteam gestellt hatte. Als Führungskraft des Dezernats hatte er die Aufgabe, die Ermittlungen im Blick zu behalten und zu koordinieren. Gerade die Ermittlungen seines Sondereinsatzteams waren hierbei von größter Bedeutung und stets zu beobachten.

„Im Blut des Toten wurden Rückstände eines starken Abführmittels gefunden", begann Karlsson zusammenzufassen, was Dr. Meinert ihm und Herzog erklärt hatte, „Das Abführmittel ist schnell wirksam und extrem hoch dosiert angewendet worden. Vor dem Tod hat das Opfer den gesamten Magen-Darm-Trakt entleert."

Hagedorn sah seine Ermittlerin fragend an: „Warum wurde der Magen-Darm-Trakt des Opfers vor dem Tod entleert? Ich kann mir kaum vorstellen, dass ein Täter darauf aus ist, zu sehen, was aus dem Darm eines Menschen herauskommt."

Herzog schüttelte den Kopf: „Der Grund war vermutlich, dass er den Platz brauchte", meinte sie und schüttelte nun ihrerseits den Kopf. „So wie es aussieht, hat der Täter den Anus des Opfers zusammengenäht, nachdem der Darminhalt ausgeschieden war. Er öffnete dem jungen Mann brutal den Mund, führte einen Schlauch oder Ähnliches ein und füllte den Magen-Darm-Trakt mit Flüssigzement." Herzog sah, wie der Dezernatsleiter für einen winzigen Moment die Augen aufriss, bevor er sich wieder im Griff hatte.

„Mir war am Fundort bereits aufgefallen, dass der Bauch unseres Opfers gewölbt wirkte. Tatsächlich ist der Magen-Darm-Trakt vollständig mit zum Großteil ausgehärteter Zementmasse gefüllt gewesen. Das Opfer ist an den Giftstoffen gestorben, die während des

Aushärtens im Körper entstehen. Wir können nur hoffen, dass er hiervon nicht mehr viel mitbekommen hat", sagte Herzog. Sie sah die Fotos aus der Rechtsmedizin an und schüttelte einmal mehr den Kopf. Dann wandte sie sich an ihren Chef und ihren Kollegen: „Entweder ist unser Täter ein Bulle von einem Mann oder das Opfer wurde vor der Tat betäubt. Da keine Substanzen im Blut nachgewiesen wurden, wären die klassischen K.-o.-Tropfen denkbar. Sie bauen sich extrem schnell ab und sind deshalb nur wenige Stunden nach der Einnahme im Blut nachweisbar. Weiterhin hat das Opfer leichte Riemen in den Handgelenken. Offenbar war es gefesselt und hat versucht, sich loszureißen. Ein Mann von der Statur unseres Opfers hätte jedoch deutlich mehr Kraft aufbringen können, wodurch die Einschnitte in den Armen sehr viel tiefer hätten sein müssen. Auch das deutet darauf hin, dass er schlichtweg keine Kraft hatte, sich loszureißen. Betäubungsmittel sind hier naheliegend."

Abschließend schüttelte Herzog noch einmal kräftig den Kopf. Sie zog die Augenbrauen zusammen und fragte ihren Kollegen und ihren Chef: „Wer kommt auf die Idee, einen lebenden Menschen mit Zement zu füllen?"

KAPITEL 10

„Darf ich Ihnen ein Taschentuch geben?", Valentine Herzog hatte das Taschentuch bereits gezückt und Adriana Helms hingehalten. Doch diese sah wie versteinert weiter aus dem Fenster, während ihr die Tränen unaufhaltbar am Gesicht hinabliefen.

„Frau Helms?", versuchte die Ermittlerin ein weiteres Mal, die Aufmerksamkeit der Frau auf sich zu ziehen, dann sah sie ihren Kollegen an und schüttelte leicht den Kopf.

„Herr Helms, können Sie uns bitte etwas über Ihren Sohn erzählen? Wir wissen, wie schwer Ihnen das fällt, aber es wird uns bei den Ermittlungen helfen, wenn wir mehr aus Alexanders Leben wissen", wandte sich Karlsson an den Vater des jungen Mannes, dessen Identität direkt nach dem Fund der Leiche geklärt werden konnte. Alexander Helms war bereits drei Tage vor dem Auffinden als vermisst gemeldet worden und konnte anhand eines Fotos zugeordnet werden. Nachdem dem jungen Mann der Kiefer wieder eingerenkt worden war, um die Eltern nicht noch mehr zu belasten als ohnehin schon, hatten diese das Opfer als „Alexander Helms, 24 Jahre, wohnhaft in Kiel" identifizieren können. Karlsson und Herzog hatten die verzweifelten und geschockten Eltern nach Hause gefahren und direkt mit der Befragung begonnen.

„Mein Sohn war …", sagte der Vater mit dünner, brüchiger Stimme, er konnte den Satz jedoch nicht beenden. Er ließ den Blick in die Ferne schweifen und setzte neu an: „Er war großartig. In der Schule war er beliebt und vor fünf Jahren hat er sein Abitur gemacht – mit einem Durchschnitt von 1,8." Kurz sah Alexanders Vater die Ermittler an. Stolz flackerte in seinen Augen auf. Doch der kleine Anflug von Euphorie verblasste sofort wieder. Stattdessen trat in seine Augen wieder der leblose Blick, der ihn gefangen hielt, seitdem er seinen toten Sohn auf dem Leichentisch identifiziert hatte.

„Nach dem Abitur ist Alexander nach Kiel gezogen. Er hat dort den Studiengang zum Elektroingenieur belegt. An den Wochenenden ist er dann entweder mit Unikollegen unterwegs gewesen oder hat uns besucht. Letzten Freitag ist Alexander in der Disko gewesen", begann er, zu erzählen, er wurde jedoch unerwarteterweise von seiner Frau unterbrochen. „Feiern", sagte sie, „Manchmal bin ich mir alt vorgekommen, wenn Alexander mich verbessert hat. Er hat darauf bestanden, dass er ‚feiern' gegangen ist und nicht in die ‚Disko'. Er meinte, so würde heutzutage niemand mehr sprechen." Ein kleines Lächeln breitete sich auf dem Gesicht von Frau Helms aus. Dann sprach sie weiter: „Ich habe mir immer zu viele Sorgen um Alexander gemacht. Und obwohl es ihn sicher manches Mal genervt hat, hat er Rücksicht auf meine Angst genommen. Jedes Mal, wenn er vom Feiern nach Hause gekommen ist, hat er mich geweckt, um Bescheid zu sagen, dass alles in Ordnung ist. Aber dieses Mal ist er nicht zurückgekommen. Ich hätte es doch spüren müssen." Adriana Helms sah der Ermittlerin ganz plötzlich direkt ins Gesicht: „Ich bin doch seine Mutter. Ich hätte doch spüren müssen, dass etwas nicht stimmt. Aber ich habe einfach geschlafen. Bis zum Morgen. Ich habe nicht gemerkt, dass er nicht da ist." Adriana Helms vergrub ihr Gesicht in ihren Händen. Herzog sah, wie sich ihre Schultern stoßartig auf und ab bewegten.

„Dann haben Sie die Polizei gerufen?", fragte sie, nachdem sie der Frau einen Moment Zeit gegeben hatte. Adriana nickte, doch es war der Vater, der sprach: „Aber die Polizei sagte, es sei nichts Ungewöhnliches, dass junge Erwachsene länger von zu Hause wegbleiben. Es mussten mindestens 48 Stunden vergehen, um eine Vermisstenanzeige aufzugeben."

Adriana stand vom Tisch auf und ging im Raum auf und ab. Die Wut stand ihr ins Gesicht geschrieben, als sie sagte: „Ich habe die ganze Zeit auf die Uhr geschaut, bis die 48 Stunden vorbei waren. Dann bin ich zur Polizei und habe die Vermisstenanzeige aufgegeben. Alexander wäre nie einfach so von Zuhause weggeblieben – niemals. Und hätten wir hier nicht so strenge Vorschriften, dann hätten wir rechtzeitig suchen können. Dann hätten wir ihn gefunden. Hätte man uns von Anfang an geglaubt, wäre Alexander jetzt nicht ...“ Adriana Helms fasste an ihren Kehlkopf und verzog vor Schmerzen das Gesicht. Dann sackte sie auf dem Küchenfußboden in sich zusammen.

KAPITEL 11

„Manchmal hasse ich diesen Job", meinte Jannis Karlsson, als er wieder neben seiner Kollegin im Auto saß. Auch Herzog nickte: „Den Eltern beizubringen, dass sie ihr Kind nie wieder sehen werden, ist brutal." Der Krankenwagen hatte Adriana Helms abgeholt und sie erstversorgt, nachdem sie trotz hochgelagerter Beine nicht mehr zu Bewusstsein gekommen war.

„Wie gehen wir jetzt vor?", wandte sich Herzog an ihren Kollegen, „Alexander Helms hat laut Aussage seiner Eltern keine Feinde gehabt. Er scheint ein guter Schüler gewesen zu sein und in seinem Studium in Kiel ist er offensichtlich auch gut vorangekommen." Karlsson zuckte mit den Schultern und meinte: „Wir sollten dort anfangen, wo er zuletzt gesehen worden ist. In der Disko sollten sich hoffentlich Menschen finden, die wissen, wohin oder mit wem er unterwegs gewesen ist."

Valentine Herzog nickte: „Wir könnten direkt heute Abend hinfahren. Die Veranstaltungshalle, in der er gewesen ist, wird innerhalb der Woche für verschiedene Veranstaltungen genutzt. Vielleicht können wir schon etwas Neues erfahren."

„Heute Abend?", der Ton, in dem Theo Herzog seiner Frau diese Frage stellte, war nicht nur unterkühlt, sondern schlichtweg eisig, „Ich dachte, wir könnten heute Abend in Ruhe sprechen." Doch Valentine Herzog schüttelte den Kopf. Sie war an diesem Nachmittag ohnehin nur nach Hause gekommen, um sich eine dickere Jacke zu holen. Die Abende an der Nordsee waren kalt, sehr windig und oft ungemütlich. Sicher würde ihr eine dickere Jacke nicht schaden – vor allem, weil sie ahnte, dass sie und ihr Kollege ein Stück bis zur Veranstaltungshalle laufen mussten, waren Parkplätze doch sehr spärlich gesät.

„Heute Abend geht es nicht", meinte Herzog und erinnerte ihren Ehemann: „Wenn ich an heute Morgen denke, hatte ich dir ohnehin gesagt, dass ich dich nicht mehr sehen möchte. Ich dachte, das wäre eindeutig gewesen." Theo Herzog sah seine Frau mit zu Schlitzen verengten Augen an: „Und du denkst, du könntest so einfach entscheiden, ob und wann ich hier verschwinde? Du meinst tatsächlich, du könntest mich einfach aus unserem Haus werfen?"

Valentine Herzog zog eine Augenbraue hoch. Schließlich war sie es, die den Vertrag für die Wohnung unterschrieben hatte und die Miete seit dem Tag zahlte, an dem sie und ihr Mann hier eingezogen waren. Theo Herzog stieß ein kurzes, kehliges Lachen aus. „Ach, so ist das", meinte er und kam seiner Frau erneut so nahe, dass es für jeden anderen bedrohlich wirken würde, „Du meinst also, weil du im Moment die Alleinverdienerin bist, könntest du auch über unser Zusammenleben und unsere Trennung entscheiden? Könntest mich einfach auf die Straße setzen, wie einen räudigen Köter, und dir einen neuen Liebhaber suchen?"

Herzog roch die Alkoholfahne ihres Mannes, als dieser ihr viel zu dicht gegenüberstand. Doch sie wich keinen Schritt zurück. „Natürlich nicht", sagte sie und senkte den Blick für keinen Augenblick, „Ich würde dich niemals auf die Straße setzen." Der angespannte Körper ihres Mannes begann nun, zu zittern, und Herzog wusste, dass er sie im nächsten Moment wieder anschreien oder sogar packen würde, wie heute Morgen. Sie machte auf dem Absatz kehrt, öffnete die Haustür und sagte: „Ich würde dir sogar ein Hotelzimmer bezahlen." Dann schloss sie die Tür hinter sich. Das Letzte, was sie an diesem Abend von ihrem Mann hörte, war der wütende Aufschrei, bevor er wütend mit der Faust gegen die Tür hämmerte. Sie hatte gewusst, dass er ihr nicht hinterherkommen würde. Die Blöße, dass ihn jemand in seiner Wut sehen konnte, würde er sich nicht geben. Als die Haustür unter dem Schlag ihres Mannes erzitterte, wurde ihr einmal mehr klar, dass die beiden keine Zukunft hätten. Es wurde Zeit, einen Schlussstrich zu ziehen.

KAPITEL 12

„Natürlich haben Sie diesen Mann hier noch nicht gesehen. Er kommt nicht zu kulturellen abendlichen Kaffeekränzchen wie diesem hier", erklärte Herzog der jungen Frau an der Garderobe zum wiederholten Mal. Sie war kurz davor, die Augen zu verdrehen, hielt sich jedoch zurück, da sie auf die Hilfe der Frau angewiesen war. Hilfesuchend sah Herzog ihren Partner an. Sie hatte sich im Auto über sich selbst geärgert. Normalerweise reagierte sie niemals schnippisch und schon gar nicht arrogant, wie heute. Aber ihr Mann hatte sie so sehr zur Weißglut getrieben, dass er ihre schlechten Verhaltensweisen an ihr hervorgebracht hatte. Herzog wusste, dass ihr Geduldsfaden für heute bereits überstrapaziert war, sodass sie dankbar war, als ihr Kollege ihren Wink verstand und das Gespräch übernahm.

„Junge Frau", versuchte nun Karlsson sein Glück, „Wie meine Kollegin versucht hat, zu erklären, war der Mann auf diesem Bild am Freitagabend hier. Am Freitag gab es hier eine der seltenen Partys in Sankt Peter Ording. Natürlich hat das mit der Veranstaltung heute nichts zu tun. Dennoch hatten wir uns erhofft, dass wir hier Hinweise finden könnten, was am Freitagabend mit dem Mann geschehen ist, nachdem er die Disko verlassen hat." Herzog sah, wie ihr Partner der Frau einen kurzen, charmanten Blick zuwarf. Sie beobachtete auch, wie die Frau errötete und ihre Haare über die Schulter nach hinten warf. „Ich würde Ihnen ja gern helfen", sagte sie und lächelte gleichzeitig entschuldigend und kokett. „Aber ich weiß doch nicht, wie. Ich war ja schließlich am Freitagabend nicht hier. Und übrigens", meinte sie, senkte die Stimme und verriet Karlsson das Geheimnis der hippen Leute, „wir sprechen nicht mehr von Disko. Wir sagen, wir waren feiern."

Nun verdrehte Valentine Herzog doch die Augen. „Gibt es hier Kameras?", fragte sie ganz direkt und verhinderte somit, dass die junge Frau über den Garderobentisch klettern und sich sabbernd ihrem Kollegen an den Hals werfen würde. Irritiert sah die junge Frau zu der Ermittlerin. Fast sah sie so aus, als hätte sie vergessen, dass Herzog auch noch anwesend war. „Ja klar", meinte sie schließlich und machte eine dicke Blase mit ihrem Kaugummi, „Klar gibt es hier Kameras. Wir wollen doch gewappnet sein, falls hier mal jemand etwas klaut."

Herzog setzte ein unechtes Lächeln auf, wartete für einen Moment ab, doch der Groschen schien bei der Frau nicht zu fallen. „Denken Sie", fragte sie darum und sprach dabei besonders langsam, „denken Sie, es wäre möglich, dass mein netter Kollege und ich einmal einen Blick auf die Videoaufnahmen von Freitagabend werfen könnten?" Endlich schien die Frau zu verstehen. Sie klatschte sich eine Hand vor die Stirn und lachte laut auf. „Achso", meinte sie und ihr Kichern klang übertrieben hoch und aufgesetzt, „Sagen Sie doch gleich, was Sie wollen. Schließlich bin ich keine Ermittlerin und weiß nicht, was ich für Sie tun kann." Herzogs ebenfalls aufgesetztes Lächeln fror ein. Dass es keine Ermittlungskenntnisse, sondern nur ein wenig Menschenverstand brauchte, um zu verstehen, dass sie und ihr Kollege gerne Aufnahmen sehen würden, sagte sie nicht. Stattdessen hob sie die Augenbrauen, als sie noch immer keine Antwort auf ihre Frage bemerkte. „Und?", hakte sie nach. Doch die junge Frau sah sie nur verdattert an und fragte: „Was und?"

KAPITEL 13

„Es ist zum Verzweifeln", raunte Herzog ihrem Kollegen zu, als die beiden endlich die Bänder der Videoüberwachung in den Händen hielten. Sie sah das unauffällige Nicken ihres Partners ebenso wie das Zucken seines linken Mundwinkels. Die junge Frau aus der Garderobe blies ihren Kaugummi ein weiteres Mal zu einer dicken Blase und sah Herzog fragend an: „Wie bitte?"

Doch Herzog winkte ab: „Nicht wichtig. Eine ermittlungstaktische Anmerkung." Als die junge Frau sich aufgeregt in die Hände klatschte und ein „Wie aufregend" raunte, verschwand das leichte Grinsen aus Karlssons Gesicht: „Ich denke", meinte er, „dass weder das Opfer noch dessen Familie den Ausdruck ‚aufregend' gebrauchen würden." Die junge Frau setzte ein betretenes Gesicht auf, doch Herzog erkannte auch dieses Mal, dass es lediglich gespielt war.

„Wir wären dann jetzt gerne allein", sagte sie und schob die Frau vorsichtig aus der Tür. Dann drehte sie sich zu ihrem Kollegen um. „Sag jetzt nichts", forderte sie ihn auf. Karlsson machte eine Bewegung, als würde er seinen Mund mit einem Reißverschluss verschließen. Ein Grübchen bildete sich unter seinem Lächeln auf seiner linken Wange, doch er blieb still.

„Hier", sagte Jannis Karlsson, als er und seine Kollegin endlich ein Band gefunden hatten, auf dem Alexander Helms zu sehen war. Auf dem Video lehnte er lässig an der Bar und schien den Tanzenden zuzusehen. Er lachte, als er einen besonders ausgefallenen Tanz beobachtete.

„Siehst du das?", fragte Herzog und deutete mit dem Finger auf eine junge Frau, die Alexander Helms aus der Ferne zu beobachten schien. Sie hielt zwei Getränke in den Händen, schien sich jedoch nicht entscheiden zu können, ob sie hinübergehen oder doch stehenbleiben sollte.

„Spul zurück", bat Herzog ihren Kollegen und kniff die Augen zu. „Standbild!", forderte sie auf. Karlsson drückte die Stopptaste und Herzog nickte zufrieden. Sie machte einen Screenshot vom Gesicht der jungen Frau, die für einen winzigen Moment direkt in die Kamera sah. „Weiter", bat sie ihren Partner und beobachtete, wie die Frau zu Alexander hinüberging. Sie rief ihm über die Musik etwas zu, wedelte mit dem dunkleren der beiden Getränke in ihrer Hand und gab es Alexander. Die beiden prosteten sich zu, unterhielten sich noch eine Weile, dann verschwand die junge Frau. Alexander blieb eine Weile stehen und wartete.

„Wo ist sie hin?", fragte Herzog und suchte den Bildschirm nach der brünetten Frau mit der stilvoll geflochtenen Hochsteckfrisur ab. Doch weder sie noch ihr Kollege konnten sie entdecken. „Da", sagte Karlsson plötzlich und zeigte nun seinerseits auf Alexander, der leicht zu schwanken begonnen hatte. Der junge Mann schloss die Augen und schüttelte für einen Moment den Kopf. Als er sich auf den Weg machte – und sich dabei offensichtlich weiter nach der Frau umsah – , stolperte er in einen Mann mit Hut hinein. Er machte eine entschuldigende Geste, der Mann sicherte ihn am Arm vor dem Hinfallen. Die beiden schienen einige Sätze zu wechseln, wobei Alexander immer mehr zu schwanken anfing. Schließlich legte der Mann einen Arm um Alexander und begleitete ihn nach draußen.

Herzog warf ihrem Kollegen einen triumphierenden Blick zu. „Unsere Theorie war richtig. Alexander Helms wurden K.-o.-Tropfen verabreicht. Ich denke, wir haben sie", sagte sie – wissend, dass das Getränk, das die junge Frau Alexander gereicht hatte, zu dessen Bewusstlosigkeit geführt hatte.

KAPITEL 14

Anette Langström schreckte aus dem Schlaf hoch. Ihr war, als hätte sie ein Geräusch gehört. Sie sah sich in der kleinen Wohnung in Wyk auf Föhr um, in der sie gerade erst eingezogen war. Sie hatte sich fürchterlich mit ihren Eltern zerstritten und einen Schlussstrich gezogen. Kurzentschlossen war sie aus ihrem Heimatort weggezogen und hatte ihren Eltern nicht gesagt, wohin es gehen würde. Ein weiteres Knarren ließ ihr das Blut in den Adern gefrieren. Sie knipste die Lampe auf ihrem Nachtschrank an und sah sich im Zimmer um. Annette Langström holte tief Luft und warf einen Blick unter ihr Bett. Sie wartete noch einen Moment, bis sich ihr Herzschlag wieder verlangsamte. Dann schüttelte sie den Kopf über sich selbst. Sie war schon immer ein wenig ängstlich gewesen, beim leisesten Geräusch hatte sie ihrer Mutter am Rockzipfel gehangen. Doch der Rockzipfel ihrer Mutter war Geschichte. Ab jetzt würde sie stark sein – stark und mutig. Langström hüpfte aus dem Bett und redete sich ein, dass sie keine Angst hätte. Um sich selbst ihren Mut zu beweisen, schaltete sie kein Licht an, als sie den kurzen Flur entlang zur Küche ging. Sie öffnete den Kühlschrank, nahm die Milchpackung heraus und nahm einen großen Schluck.

„Jetzt geht es mir besser", sagte sie laut zu sich. Noch immer versuchte sie, sich zu überzeugen, dass sie keine Angst hätte. In dem Moment, in dem sie die Kühlschranktür schloss, legte sich eine feste Hand um sie. Ein stark riechendes Tuch wurde ihr auf den Mund gepresst und das Letzte, was sie hörte, war die Stimme, die in ihr Ohr flüsterte: „Aber nicht mehr lange!"

Als Anette Langström wieder erwachte, hörte sie ein leises Knistern. Sie öffnete die Lider und das rote Züngeln brannte in ihren

Augen. Langström versuchte, auszumachen, was das rote Flackern auslöste, doch sie war zu schwach. Dann roch sie es. Es roch nach Lagerfeuer und das angenehme Gefühl von Freiheit und Stockbrot kam für einen winzigen Moment in ihr auf. Doch die Erinnerung verblasste in dem Moment, in dem sie gekommen war. Schwankend öffnete die Frau die Augen und endlich konnte sie die Quelle des flammenden Rots, des Knisterns und des Geruchs identifizieren. Das Feuer, das ihre Augen nun taxieren konnten, breitete sich aus. Panisch sah sie sich um. Sie versuchte, sich zu bewegen, um den Flammen zu entkommen, denen sie unmittelbar ausgesetzt war. Doch ihre Arme und Beine waren an einem dicken Pfahl befestigt. Langström sah, wie der große Haufen Stroh unter ihr mehr und mehr Feuer fing. „Scheiterhaufen", schoss es ihr in den Kopf. Sie befand sich auf einem Scheiterhaufen. Anette Langström begann, zu husten. Der Rauch brannte heiß in ihrer Lunge und sie wusste, dass sie nicht mehr viele Atemzüge tun konnte, bevor sie das Bewusstsein erneut verlieren würde. Doch die Panik in ihr bewirkte, dass sie nur umso öfter nach Luft schnappte. Anette Langström schrie auf, als sie spürte, wie die erste Flamme an ihrem nackten Fuß leckte. Sie wimmerte vor Schmerzen und versuchte wider besseren Willens, ihren Fuß zurückzuziehen. Doch die Fesseln hielten sie fest in ihrem Griff.

Anette Langström hustete immer stärker, wusste, dass sie keine Chance hätte, zu entkommen. Ihre Augen suchten panisch nach etwas, was sie aus dieser Hölle befreien könnte. „Hilfe", schrie sie, als sie den Menschen entdeckte, der in einigen Metern Entfernung zu ihr stand. Doch die schwarze Silhouette bewegte sich kaum. Er hob lediglich eine Hand und winkte ihr wie zum Abschied.

Langström schrie erneut auf, denn das Feuer breitete sich immer weiter aus, bis ihre Beine bereits in Flammen standen. Ihr war klar, dass sie sterben würde.

Und sie würde es in dem Wissen tun, niemals so mutig gewesen zu sein, wie sie es gewünscht hätte – denn jetzt, in ihrem letzten Moment, empfand sie die größte Panik, die sie überhaupt je gespürt hatte. Ihr Körper schmerzte unter der unerträglichen Hitze. Anette Langström wollte das nicht miterleben – wollte nicht spüren, wie sie weiter und weiter verbrannte. Sie schloss die Augen und atmete mit mehreren tiefen Zügen den Rauch ganz bewusst ein, bis sich endlich ein tiefes Schwarz vor ihre Augen legte.

KAPITEL 15

„Inge Heiden", nannte Herzog ihrem Partner einige Tage später trium-
phierend den Namen der jungen Frau, die Alexander Helms mit dem
Mischgetränk versorgt hatte, „Die IT und das Rechercheteam haben
ganze Arbeit geleistet. Sie haben den Screenshot mit mehr Pixeln auf-
gestockt, um ihn qualitativ hochwertiger zu machen. Das Foto haben
sie dann durch die Datenbank gejagt, doch niemanden gefunden, der
passt. Die Recherche hat dann weitergesucht und endlich den Namen
unserer Brünetten herausgefunden. Sie heißt Inge Heiden und wohnt
in Garding." Mit euphorischem Schwung pinnte Herzog das Foto der
Frau an die Pinnwand. Dann nahm sie ihre Jacke und die Autoschlüs-
sel. Sie wusste, dass ihr Partner ihr folgen würde.

„Hat die Recherche auch bereits etwas über den Mann mit dem Hut
herausgefunden?", fragte Karlsson seine Kollegin. „Noch nicht", antwortete diese, „Ich habe sie gebeten, Priorität auf die Frau zu legen.
Der Mann ist vielleicht der Letzte, der Alexander Helms lebend gesehen hat. Aber die Frau war erst einmal wichtiger. Inzwischen wird die
Recherche sich sicher aber bereits dem Mann mit dem Hut widmen."
Es trat eine kurze Pause ein. „Ist Theo inzwischen ausgezogen?",
brach Karlsson die Stille. In den letzten Tagen hatte sich der Streit der
beiden so sehr zugespitzt, dass Valentine Herzog sich zwangsläufig
bei ihrem Partner hatte Luft machen müssen.

„Jein", gab sie ihre undefinierte Antwort, „Er ist nur noch selten zuhause. In den letzten Nächten hat er in einem Hotel geschlafen. Seine
Sachen hat er bisher noch nicht geholt und er ist offenbar auch noch
nicht auf Wohnungssuche." Herzog zuckte mit den Schultern: „Aber
so ist es erst einmal ok für mich – solange ich nicht ständig mit ihm
streiten muss."

Karlsson sah seine Kollegin von der Seite her an. „Auf mich wirkst du ganz und gar nicht okay", meinte er, „Wenn es dir hilft, zu reden, dann solltest du das tun, bevor sich dein Gefühlsleben negativ auf unseren Fall auswirkt." Herzog warf ihrem Partner eine Grimasse zu. Niemals würde sie es zulassen, dass ihr Privatleben ihre Arbeit beeinträchtigt. Doch mehr als das, was sie ihm bereits erzählt hatte, würde sie ihm nicht anvertrauen. Dass Theo Herzog öfter bei ihr auftauchte, als ihr lieb war, und dann grundsätzlich betrunken war, wollte sie ihm nicht sagen. Auch nicht, dass ihr Mann in diesen Momenten hochaggressiv war und bereits mehrmals versucht hatte, sie körperlich anzugehen. Herzog war schon immer eine starke Frau gewesen und brauchte die Hilfe ihres Kollegen nicht, um mit ihrem Mann fertigzuwerden. Dennoch nahm sie einmal mehr wahr, wie aufmerksam ihr Kollege war.

„Wir sind da", sagte sie kurze Zeit später und parkte in einem Zug in die schmale Parklücke ein. Sie blieb einen Moment hinter dem Steuer sitzen und sah Jannis Karlsson an: „Sie ist aktuell eine der Hauptverdächtigen. Sind wir uns darüber einig?" Karlsson nickte und ergänzte: „Sie wird keine Einzeltäterin sein. Auch, wenn wir noch nicht genügend Infos haben, um ein Täterprofil zu erstellen, wird sehr wahrscheinlich ein Mann beteiligt sein. Die Art, zu morden, passt nicht zu einer Frau. Der Statistik nach wenden Frauen in der Regel weichere Mordmethoden an, wohingegen Männer harte Methoden wie die vorliegende verwenden. Dennoch ist sie mit großer Wahrscheinlichkeit eine Mittäterin und kann uns hoffentlich mehr über ihren Partner verraten. Vielleicht hat er draußen gewartet, bis Alexander herausgeschwankt kam. Und Inge Heiden ist ihm gefolgt, sodass beide zusammen Alexander entführen konnten." Valentine Herzog schloss für einen Moment die Augen. Sie rief sich das Video, das sie und ihr Partner gesehen hatten, ein weiteres Mal in Erinnerung. Das Rechercheteam hatte es sich Sequenz für Sequenz noch einmal angesehen und herausgefunden, dass Inge Heiden eine Stunde, bevor sie Alexander Helms das Getränk übergeben hatte, auf der Party aufgetaucht war. Sie hatte etwas getrunken, sich mit verschiedenen Leuten unterhalten und war dann zur Toilette gegangen. Anschließend war sie in den nicht überwachten Außenbereich gegangen und schließlich wieder hineingekommen. Zu dieser Zeit hatte sie die beiden Getränke bereits dabeigehabt und war nach kurzem Zögern zu Alexander Helms getreten. Nach dem kurzen gemeinsamen Gespräch war sie erneut in Richtung der Toiletten gegangen und erst wieder aufgetaucht, nachdem Alexander Helms nach draußen gegangen war. Sie war in den Außenbereich gegangen und nicht wieder hereingekommen.

KAPITEL 16

„Frau Heiden?", Herzog erkannte die junge Brünette sofort, als diese die Tür öffnete. Sie hielt ihr die Polizeimarke hin und deutete dabei absichtlich auf das Wort „Mordkommission". Überraschung trat in das Gesicht von Inge Heiden, dann Angst.

„Was ist passiert?", fragte sie und ihr Blick huschte von Herzog zu Karlsson, „Ist etwas mit meinen Eltern oder mit meinem Freund?" Ihre Stimme klang inzwischen panisch, sodass Herzog den Kopf schüttelte. Entweder war Inge Heiden eine hervorragende Schauspielerin oder sie wusste tatsächlich nicht, worum es ging.

„Dürfen wir reinkommen?", bat die Ermittlerin und schob sich bereits in den schmalen Flur hinein. Inge Heiden trat zur Seite und wies den beiden den Weg in die kleine Küche. „Mehr kann ich mir im Moment nicht leisten", entschuldigte sich Inge Heiden, „aber mein Partner und ich wollen bald zusammenziehen. Dann werden wir sicherlich eine etwas größere Wohnung haben." Heiden holte Luft, wohl um noch mehr vom eigentlichen Thema abzulenken. Valentine Herzog registrierte das unsichere Verhalten der jungen Frau. Sie warf Karlsson einen Blick zu, der kaum vernehmlich nickte. Aus Angst, eine schlimme Nachricht zu erfahren, zögerten einige Betroffene den Augenblick unterbewusst heraus, indem sie von Banalitäten sprachen.

„Frau Heiden", lenkte Herzog ein, bevor sie noch mehr aus dem Privatleben der Frau erfuhr, „weder ihren Eltern noch ihrem Partner ist etwas geschehen." Sie sah, wie Inge Heiden erleichtert aufatmete. Dennoch huschte ihr Blick weiterhin aufgeregt hin und her.

„Aber warum sind Sie denn dann hier?", fragte sie und begann, nervös an ihrem Daumennagel zu zupfen. Jannis Karlsson klärte sie auf. Er berichtete von dem Mord an dem Mann, dem Inge Heiden am vergangenen Freitag ein Getränk spendiert hatte. Die Frau riss die Augen auf.

„Und Sie meinen, dass ich Alexander mit dem Cola-Korn vergiftet hätte?", fragte sie. In ihrem Gesicht bildeten sich hektische, rote Flecken. Valentine Herzog entging nicht, dass sie von ‚vergiften' gesprochen hatte. Es war ein weiteres Indiz dafür, dass Heiden unschuldig war. Ihr Kollege hatte ermittlungstaktisch bewusst nicht die K.-o.-Tropfen erwähnt, die Alexander Helms zu sich genommen hatte. Hätte Inge Heiden etwas von den Tropfen gesagt, hätte sich der Verdacht gegen sie erhärtet. Dass sie jedoch nicht von K.-o.-Tropfen sprach, deutete darauf hin, dass sie tatsächlich nichts davon wusste.

Inge Heiden sah für einen kurzen Moment so aus, als wäre sie ganz in Erinnerungen versunken. Dann leuchtete ihr Blick plötzlich auf. „Ich weiß, wer es war", sagte sie und sprang vom Stuhl auf, „Es war der Mann, der mir das Getränk überhaupt erst gegeben hat."
Herzog sah die Frau perplex an und fragte: „Ihnen wurde das Getränk gegeben? Von wem?" Inge Heiden überlegte für einen Moment, dann berichtete sie, was geschehen war: „Ein Mann hat mir einen Cola-Korn gegeben. Er meinte, sein Sohn wäre auf der Party und sehr schüchtern. Und weil ich so ein hübsches Mädchen sei, würde er sicher etwas mutiger werden, wenn ich ein Glas mit ihm trinken würde. Der Vater von Alexander hat mir dafür einen Wodka-Energy spendiert. Eigentlich hätte ich das nicht gemacht, weil ich ja selbst einen Partner habe. Aber Alexander hat tatsächlich etwas verloren gewirkt und ich hatte ja nicht vor, ihn anzubaggern. Trotzdem habe ich dann ein schlechtes Gewissen bekommen, sodass ich gegangen bin, kurz nachdem ich ihm sein Getränk gebracht habe. Ich habe mich für mich selbst geschämt und mich auf dem Klo versteckt, bis ich ihn nicht mehr sehen konnte. Dann bin ich selbst nach Hause gegangen. Ich hatte keine Lust mehr, zu feiern."

KAPITEL 17

„Özlem? Wir müssen dich noch einmal um einen Gefallen bitten" –
Herzog hörte, wie ihr Karlsson mit der Kollegin Özlem Güngör aus der
Rechercheabteilung sprach. Er hatte das Telefon gezückt, noch wäh-
rend sich die Autotür geschlossen hatte:

„Schaut euch das Video des Abends, an dem Alexander Helms zuletzt gesehen wurde, noch einmal an. Auf der Party muss ein Mann
mittleren Alters gewesen sein. Er ist groß und stämmig, hat dunkle
Haare, aber keine weiteren auffälligen Merkmale. Er hat ein dunkles,
kurzärmliges Shirt und eine verwaschene Jeans getragen. Falls ihr es
auf den Videos erkennen könnt – seine Nase ist laut unserer Zeugin
etwas schief. Ein Phantombild wird nachgeliefert, der Zeichner ist bereits auf dem Weg zu der Frau. Vielleicht seht ihr den Mann sogar
zufällig in der Nähe von Inge Heiden oder Alexander Helms. Er könnte
die beiden beobachtet haben. Er hat Inge Heiden das Mischgetränk
gegeben, mit dem unser Opfer betäubt wurde."

Herzog nickte ihrem Partner zu, als dieser aufgelegt hatte: „Dass er
ihr das Getränk draußen gegeben hat, war eindeutig geplant. Er
wusste, dass die Übergabe nicht auf der Kamera zu sehen sein durfte.
Ich bezweifle, dass wir in den Videos ein Gesicht erkennen werden.
Sicher wird er nicht so vorsichtig sein, nur um uns dann sein Gesicht
auf dem Präsentierteller zu liefern. Ich habe da schon eine Ahnung."
Karlsson wollte seine Partnerin schon fragen, was sie damit meinte,
doch die winkte ab und meinte: „Ich muss nur kurz etwas überprüfen.
Dann werden wir sehen, ob ich recht habe."

„Ich habe es gewusst!", Herzog hatte sich direkt auf den Weg in die
Rechercheabteilung gemacht, nachdem sie und ihr Kollege wieder im
Dezernat angekommen waren. „Hier!", sie deutete auf den Mann, der

mehrfach in den Videos zu sehen war. Karlsson sah sie fragend an: „Der Mann mit dem Hut, an dem sich Alexander Helms festgeklammert hat?", fragte er und Herzog nickte: „Er war nicht zufällig dort. Er hat beobachtet, ob Alexander auf die K.-o.-Tropfen reagiert, und ihn bewusst abgefangen. Schau doch: Er trägt ein Shirt und eine Jeans. Die Farben können wir wegen der schlechten Qualität zwar nicht erkennen, aber die Statur könnte hinkommen. Bevor Alexander das Getränk bekommt, sieht man den Mann auf den Videos nirgends, danach steht er in der Nähe des Opfers. Ich will umfallen, wenn er noch einmal auf der Party auftaucht, nachdem Alexander verschwindet." Sie sah die Kollegen der Recherche auffordernd an: „Habt ihr schon damit angefangen, die Videosequenzen zu überprüfen, auf denen der Mann zu sehen ist?"

Özlem Güngör nickte: „Wir haben allerdings nichts herausfinden können. In der Zeit, in der der Mann mit dem Hut im Bild ist, dreht er den Kopf niemals zur Kamera. Er hält ihn die ganze Zeit über gesenkt. Nachdem Alexander Helms weg ist, ist er tatsächlich nicht mehr auf den Bändern zu sehen. Er hat mit ihm gemeinsam den Veranstaltungsraum verlassen."

Herzog nickte: „Er wusste genau, wo die Kameras sind. Ich benötige schnellstmöglich ein ausgedrucktes Bild des Mannes, um es Inge Heiden zu zeigen. Vielleicht kann sie den Mann identifizieren. Sucht doch bitte den Moment heraus, in dem der Mann am besten zu sehen ist."

Als die beiden Ermittler die Abteilung verließen, stieß Karlsson seine Kollegin in die Seite. „Wieso bist du dir so sicher, dass der Mann mit dem Hut nicht vorher auf den Aufnahmen zu sehen war?", fragte er. Herzog zuckte mit den Schultern. „Ich kann mir Dinge schnell einprägen", meinte sie lapidar, „aber ich weiß es absolut sicher. Der Mann mit dem Hut erscheint erst auf der Bildfläche, als Alexander zu trinken beginnt. Und er ist es, der ihn rausführt, um ihm zu helfen." Herzog malte mit den Fingern zwei Anführungszeichen in die Luft.

Sie öffnete die Bürotür und blieb abrupt stehen, als sie den Leiter des Morddezernats sah. Michael Hagedorn hob entschuldigend die Schultern. „Ich denke, ihr müsst noch einmal los", meinte er, „Dieses Mal brauchen wir euch auf Föhr."

KAPITEL 18

Als Herzog und Karlsson knapp drei Stunden später in Wyk auf Föhr ankamen, wurden sie von einem Polizisten in Empfang genommen. „Ich muss mich entschuldigen", meinte er, nachdem er sich als Emil Heinrich vorgestellt hatte, „Meine Leute haben heute gepennt. Eigentlich war offensichtlich, dass der Fall nichts für uns ist. Da die Leiche jedoch von einer Passantin entdeckt wurde, als die Flut bereits zurückkkam, musste es schnell gehen. Schließlich sollte die Leiche kein weiteres Mal überspült werden. Deshalb haben die Kollegen die gängigen Maßnahmen eingeleitet, sodass wir den Fall jetzt offiziell an Sie übergeben müssen. Das dauert alles etwas länger und sie hatten nicht die Chance, das Opfer am Fundort zu sehen. Der Vorteil ist jedoch, dass die Flut inzwischen wieder abklingt, sodass wir zusammen zum Fundort gehen können. Folgen Sie mir bitte. Die Leiche wurde inzwischen abtransportiert und ich kann mir nicht vorstellen, dass die Nipptide und die Flut Spuren übriggelassen haben, die Ihnen auffallen würden. Ich habe aber schon veranlasst, dass die Leiche in Ihre Rechtsmedizin überführt wird. Sie sollte innerhalb der nächsten Stunde dort ankommen."

Karlsson und Herzog folgten dem Polizisten. Er hatte sie darauf aufmerksam gemacht, dass sie keinen anderen Weg laufen durften als er. „Die Priele in der Gegend sind tückisch. Manchmal kann man sie kaum sehen und dennoch können sie so tief sein, dass Erwachsene in ihnen versinken", hatte er erklärt. Als Karlsson und Herzog am Fundort der Leiche ankamen, erinnerte nichts mehr an das Verbrechen, das hier entdeckt worden war – abgesehen von dem gelb-schwarzen Flatterband an einem im Boden eingesteckten Pfahl, das den richtigen Ort markierte. Der Wasserstand war rückläufig und es zog sich lediglich noch ein fußtiefer Wasserfilm über den sandigen Strand.

Herzog sah sich zu allen Seiten um. Sie konnte nichts Auffälliges entdecken. „Wer hat die Leiche gefunden?", rief sie gegen den Wind an und musste ihre Frage wiederholen, als Emil Heinrich den Kopf schüttelte. „Ein freilaufender Hund hat die Leiche entdeckt und angefangen, an dem Körper zu lecken", rief der Polizist so laut er konnte, „Die Besitzerin hat die Leiche daraufhin gefunden. Sie ist bereits befragt worden, wirkt unschuldig. Das Befragungsprotokoll habe ich ebenfalls bereits zu den Übergabeakten gegeben. Die Fotos der Leiche und des Fundorts sind auch angeheftet. Viel ist es leider jedoch nicht. Das Wasser hat die Beweise weggespült, sollte es welche gegeben haben."

Herzog sah ihren Partner fragend an. Sie musste jedoch nichts sagen, weil er ihr bereits unauffällig zunickte.

„Er könnte es wieder sein, richtig?", fragte sie, als die Ermittler im Auto angekommen waren. Karlsson nickte – dieses Mal auffälliger: „Es waren wieder Nipptide und Emil Heinrich hat erzählt, dass die Leiche mit Seilen und Felssteinen im Sand unter Wasser beschwert wurde. Die Ebbe hat sie dann wieder freigelegt. Auf jeden Fall scheint es ein Muster zu geben. Wir schauen uns die Leiche nachher noch einmal an. Vielleicht haben wir es tatsächlich zum ersten Mal mit einer Mordserie zu tun."

KAPITEL 19

„Das gibt es doch nicht!", Valentine Herzog schüttelte fassungslos den Kopf, als sie die Leiche sah, die vor ihr auf dem Tisch der Rechtsmedizin lag. Zwar hatte Emil Heinrich erwähnt, dass es sich um ein Brandopfer handelte, dennoch hatte sie nicht erwartet, dass die Leiche dermaßen entstellt sein würde. Das, was von der Haut übriggeblieben war, hatte sich zu schwarzen Klumpen zusammengezogen. An vielen Stellen des Körpers war das Skelett freigelegt worden und den Geruch von verbranntem Fleisch hatte selbst das Wasser nicht wegspülen können.

Dr. Alfred Meinert hatte die äußere Leichenschau bereits vorgenommen, als die Ermittler auf dem Weg zurück nach Sankt Peter Ording gewesen waren. „Die Leiche äußerlich zu identifizieren, ist unmöglich", erklärte der Rechtsmediziner, „Mögliche Tattoos, Auffälligkeiten in der Hautstruktur oder äußerliche Merkmale sind vollständig verbrannt. Selbst Haar- und Augenfarbe sind nicht mehr erkennbar. In den Hand- und Fußgelenken haben sich Riemen in die Knochen eingebrannt. Das deutet darauf hin, dass es hier noch heißer gewesen ist als am Rest des Körpers. Ich vermute, dass sie mit metallischen Fesseln festgehalten wurde, die sich durch das Feuer extrem stark erhitzt haben. Die Breite des Beckens und das Verhältnis der Knochen zueinander deuten darauf, dass es sich bei unserem Opfer um eine junge Frau handelt. Sicher kann ich das jedoch auch erst sagen, wenn ich sie geöffnet habe."

Als Karlsson Anstalten machte, den Sektionssaal zu verlassen, nickte Herzog ihm zu: „Schau du doch schon einmal, wie weit die Recherche mit dem Video ist. Sicherlich gibt es auch schon ein Phantombild, mit dem wir vielleicht etwas anfangen können. Und dann schau doch bitte nach den Unterlagen, die die Polizei von Föhr uns mitgesendet hat. Ich gehe davon aus, dass wir es mit demselben Täter zu tun haben. Ich bleibe hier und schaue zu."

Dr. Meinert sah die Ermittlerin fragend an, nachdem Karlsson den Raum verlassen hatte: „Sind Sie sicher, dass Sie das sehen möchten?" Herzog nickte: „Ich kann mehr vertragen, als viele denken", erklärte sie, „Und wenn ich die Leiche schon nicht am Fundort sehen konnte, möchte ich wenigstens dabei sein, wenn es hier neue Ergebnisse gibt."

Herzog trat einen Schritt dichter an den Tisch heran und betrachtete die Instrumente, zu denen Dr. Meinert nun griff. Mit einer Säge öffnete er zuerst den Schädel der Verstorbenen. Herzog hörte das metallische, hohe Geräusch, als das Sägeblatt auf Knochen traf und präzise Schnitte durchführte. Sie sah, wie Dr. Meinert die Schädeldecke entnahm und das Gehirn aus dem Schädel entfernte. Er untersuchte und wog, betrachtete und sprach die wichtigsten Eckdaten in sein Diktiergerät. Ebenso ging er mit den Bauchorganen vor, nachdem er das Brustbein auseinandergetrennt hatte. Jedes Einzelne wurde mit höchster Präzision herausgeschnitten und auf die Waage gelegt. Dr. Meinert nahm sowohl Blut- als auch Urinproben des Opfers und führte sämtliche Organe anschließend zurück in den Bauch ein. Mit groben Stichen verschloss er die Leiche nach der inneren Leichenschau sorgsam. Mit durch die Lupenbrille enorm vergrößerten Augen sah er Herzog anschließend an und fragte: „Möchten Sie, dass ich Ihnen bis hierhin etwas erkläre?"

KAPITEL 20

„Die Proben sind zur Analyse im Labor", fasste Herzog die bisherigen Ergebnisse der Leichenschau für ihren Kollegen und den Dezernatsleiter zusammen. Sie führte aus: „Dennoch gibt es schon einige neue Hinweise. Zum einen handelt es sich bei der Toten tatsächlich um eine junge Frau. Die Breite des Beckens im Verhältnis zum Rest des Körpers deutet auf ein Alter von 25 bis 30 Jahren hin und die Organe lassen das Geschlecht eindeutig bestimmen. Dr. Meinert hat einen Zahnabdruck genommen. Wir hoffen, dass es zu einem Treffer in der Datenbank kommt. Weiterhin hat er die Backenzähne und den Beckenkamm aufgebohrt, um an DNA zu gelangen. Wie wir wissen, ist es nicht leicht, bei Verbrennungsopfern an DNA zu kommen. Wie unsere Kollegen aus den USA herausgefunden haben, ist die Wahrscheinlichkeit, im Beckenkamm oder in den Backenzähnen Erfolg zu haben, am größten. In den nächsten Tagen werden wir wissen, ob wir etwas herausfinden können. Unser Opfer wurde nicht mit Zement gefüllt, was deutlich von der Mordmethode des ersten Opfers abweicht. Dass es sich um einen Serientäter handelt, wäre aufgrund der großen Unterschiede der Mordmethoden eigentlich sehr unwahrscheinlich ..."

Karlsson unterbrach seine Kollegin: „Wenn die anderen Anzeichen nicht dafür sprechen würden."

Michael Hagedorn sah sein Ermittlerteam fragend an: „Die anderen Anzeichen wären?" Es war Karlsson, der antwortete: „Beide Opfer wurden während der Nipptide im Wasser abgelegt. Beide wurden mit Seilen und Steinen am Sandboden gehalten, damit sie nicht frühzeitig auftauchen. Beide wurden so abgelegt, dass sie freigelegt wurden, sobald die Ebbe zurückkam. Beide waren in einem ähnlichen Alter.

Ein Zufall scheint hier schon sehr weit hergeholt." Karlsson wandte sich ein weiteres Mal an seine Kollegin: „Und hat sie noch ...?"

Herzog nickte: „Ihre Lunge ist von innen vollkommen verbrannt. Die Lungenbläschen sind unter der großen Hitze zerplatzt und miteinander verklebt. Zwar hat sich die Lunge mit Wasser gefüllt, als die Leiche in der Nordsee versenkt wurde, dennoch gibt es keinen Zweifel. Die Frau hat gelebt, als ihr Körper Feuer fing. Sie ist bei lebendigem Leib verbrannt."

KAPITEL 21

„Wir haben es eindeutig mit einem Serientäter zu tun" – Herzog sah ihrem Kollegen zu, der sich vor der Kamera sicher bewegte. Er schaute die Reporter ruhig an, die ihn mit ihren Mikrofonen und Kameras einzunehmen versuchten. Einige Tage nach dem zweiten Mord hatte der Dezernatsleiter es für unabdingbar gehalten, eine Pressekonferenz einzuberufen. Das zweite Opfer war bisher nicht identifiziert worden. Weder Zahnabdruck noch DNA waren in der Datenbank erfasst worden. Auch hatte es keine Vermisstenanzeige rund um die Insel Föhr gegeben, die einen Anhaltspunkt auf die Identität des Opfers hätte geben können. Herzog hatte recht behalten, dass der Mann mit dem Hut nur auf den Überwachungsvideos zu sehen war, während das erste Opfer das mit Betäubungsmitteln versetzte Mischgetränk zu sich genommen hatte. Das Phantombild, das über Inge Heiden erstellt worden war, hatte die Ermittler nicht weitergebracht. Sie selbst hatte den Mann mit dem Hut nicht eindeutig identifizieren können. So war sie zwar der Meinung, dass die Statur und Körpergröße passen könnten, jedoch hatte er draußen keinen Hut getragen, sodass sie ihn nicht eindeutig identifizieren konnte.

Weiterhin hatte es keine Spuren gegeben, die die Ermittler zu den eigentlichen Tatorten geführt hatten. So war es in den letzten Tagen zu keiner weiteren heißen Spur gekommen und Alexander Hagedorn hatte eine Pressekonferenz angeordnet, um die Bürger und Bürgerinnen mit ins Boot zu holen.

„Müssen wir uns alle Sorgen machen?", fragte ein Reporter, nachdem Karlsson ihn gebeten hatte, zu sprechen. Der Ermittler antwortete mit fester, sicherer Stimme, ohne die Frage direkt zu beantworten: „Ein bestimmter Opfertyp ist besonders gefährdet. Dem

Anschein nach hat es unser Täter auf junge Erwachsene abgesehen. Ältere Menschen oder Kinder hat es bisher nicht getroffen. Wir können jedoch nicht vollständig sichergehen, ob es bei Opfern dieses Alters bleiben wird. Meine Kollegin und ich möchten deshalb alle Bürgerinnen und Bürger bitten, aufmerksam zu sein. Gehen Sie, wenn möglich, nicht alleine nach draußen und achten Sie aufeinander." Herzog und ihr Kollege hatten es geschafft, die hiesige Presse ins Boot zu holen, sodass die Konferenz in den norddeutschen Sendern gebracht und auf einigen norddeutschen Kanälen gesendet werden würde. Sie hofften, so viele Bürger wie möglich ins Boot zu holen. Schließlich konnten sie nicht wissen, wo der nächste Mord stattfinden würde.

Ein weiterer Journalist meldete sich zu Wort. „Ist es richtig, dass die Opfer während der Nipptide ermordet werden?", fragte er. Es war erstaunlich, wie viel bereits durchsickerte, obwohl offiziell noch keinerlei Statements abgegeben wurden. Valentine Herzog wunderte sich längst nicht mehr, wie viele Journalisten vor den Stellungnahmen bereits wussten. Sie sah ihren Partner an, der weiterhin souverän die Fragen beantwortete.

„Die Opfer werden nicht während der Nipptide ermordet", verbesserte er. „Sie werden jedoch zu diesen Zeiten in der Nordsee abgelegt. Dabei erstreckt sich das Gebiet offensichtlich auf weite Teile der Nordseeküste, weshalb es unmöglich ist, sämtliche Gebiete zu überwachen", nahm er die Antwort auf die Frage vorweg, die unumgänglich schien.

„Die Opfer werden mit Sandsäcken beschwert, um am Boden gehalten zu werden", streute Karlsson die Fehlinformation ein, auf die er und Herzog sich geeinigt hatten – wissend, dass es sich eigentlich um Seile und Felsensteine handelte. Im Laufe der Stellungnahme würden zwei weitere Fehlinformationen hinzukommen. Zum einen würde ihr Kollege erwähnen, dass die Opfer jeweils ein Muschelkettchen um das Fußgelenk getragen hatten. Weiterhin würden sie behaupten, beiden Opfern wäre der Buchstabe „M" in die Haut geritzt worden. Dies diente dem Erkennen von Falschaussagen. In jedem medial veröffentlichten Mordfall gab es hunderte Anrufe, bei denen Zeugen aus unterschiedlichen Gründen logen. Viele von ihnen wollten sich in den Vordergrund spielen und bauten sich aus den vorhandenen Informationen hanebüchene Geschichten zusammen. Mit den eingestreuten Fehlinformationen war es ein Leichtes, sie von relevanten Spuren zu unterscheiden und auszusortieren.

KAPITEL 22

Am Ende der Pressekonferenz kam Karlsson zum Täterprofil, welches das Ermittlerteam herausgearbeitet hatte. In dieses Täterprofil waren Statistiken einbezogen worden, nach welchem bestimmte Taten am häufigsten von einer bestimmten Art Täter ausgeführt wurde. Herzog sprach das Profil stumm mit: „Aufgrund der Schwere der Verbrechen ist der Täter am wahrscheinlichsten männlich und mittleren Alters. Er ist stabil gebaut und zwischen einem Meter neunzig und zwei Metern groß, sodass er die Opfer problemlos überwältigen und transportieren konnte. Der Täter ist gewissenhaft und genau. Er sucht sich seine Opfer vor den Taten aus und beobachtet sie. Es handelt sich also um keine Übersprungshandlungen. Wir gehen davon aus, dass der Täter eine bestimmte Zielgruppe – also ganz konkrete Personen – hat, die er als Opfer auswählt. Die weite Entfernung der Leichenfundorte deuten hierauf hin. Auch die unterschiedlichen charakteristischen Merkmale der Opfer lassen darauf schließen, dass der Täter bereits eine bestimmte Opfergruppe ausgewählt hat. Normalerweise würde ein Serientäter den gleichen Opfertypen bevorzugen, was hier eindeutig nicht der Fall ist." An dieser Stelle verdrehte Valentine Herzog die Augen. Sie und ihr Partner gingen davon aus, dass es sich bei den Morden um einen Racheakt handelte. Die Brutalität, mit denen die Opfer getötet worden waren, und die unterschiedlichen Opfertypen waren hierfür eindeutige Indizien. Da war es umso naheliegender, dass es neue Spuren geben würde, wenn Alexander Helms namentlich in den Medien genannt würde. Sicher hätte es Bekannte gegeben, die neue Anhaltspunkte hätten liefern können. Aufgrund des Opferschutzes war es jedoch nicht erlaubt, den vollständigen Namen oder unverpixelte Bilder zu veröffentlichen. Und die Eltern von Alexander hatten abgelehnt. Sie hatten ihren Sohn nach seinem Tod schützen wollen. Leider hatten sie sich auch dann nicht überwinden können, als Herzog ihnen verdeutlichte, dass sie mit diesem Schritt möglicherweise weiteren Opfern das Leid ersparen konnten.

Karlsson räusperte sich, bevor er das Phantombild in die Kameras hielt: „Sie kennen nun das Täterprofil. Weiterhin suchen meine Kollegin und ich nach einem Zeugen. Er hat dunkle Haare und eine leicht schiefe Nase. Wer diesen Mann kennt, kontaktiert uns bitte umgehend. Er könnte uns in den aktuellen Mordfällen behilflich sein."

Da Herzog und Karlsson sich nicht sicher sein konnten, ob der Mann mit dem Hut tatsächlich der Täter war, hatten sie sich entschieden, ihn als Zeugen anzugeben. Natürlich würde der Mann sich nicht selbst melden, wenn er der Täter wäre. Dennoch hatten sie die Hoffnung, dass ein Anrufer ihnen Hinweise geben könnte und sie somit eine neue Spur verfolgen könnten. Herzog hörte, wie ihr Kollege die Pressekonferenz beendete. Mit einem selbstbewussten Lächeln kam er vom Podium zu ihr herunter und flüsterte ihr etwas ins Ohr: „Ich hoffe, wir bekommen so neue Spuren. Ich hasse es, die Presse einzubeziehen, und bin froh, dass wir das nur machen, wenn es wirklich nötig ist."

KAPITEL 23

Valentine Herzog sah es nicht kommen. In dem Moment, in dem sie die Haustür öffnete, flog ihr die Faust bereits entgegen. Ihr wurde schwarz vor Augen, als ihr Mann sie nach drinnen zog und die Tür mit einem Schwung ins Schloss zog. Er packte sie an den Schultern und schüttelte sie. Noch immer war ihr schwindelig vom Fausthieb, sodass sie keinen festen Punkt fixieren konnte. Der Speichel von Theo Herzog flog ihr ins Gesicht, als er sie anschrie: „Du kleines Flittchen! Dachtest, ich bemerke es nicht. Dass du deinen Mr. Charming von Kollegen vögelst. Du kleine Schlampe! Dich mache ich fertig!" Herzog hörte das klatschende Geräusch der Ohrfeige, bevor sie den brennenden Schmerz fühlte. Sie schmeckte das Blut, das sich in ihrem Mund sammelte, und um sie herum wurde es immer heller. Den Tritt in ihren Bauch nahm sie kaum noch wahr. Auch das Krachen, als die Haustür aufflog, bekam sie nur noch am Rande mit. Sie krümmte sich vor Schmerzen auf dem Boden, hielt ihre Knie vor ihrem Bauch und versuchte gleichzeitig, ihren Kopf mit ihren Armen zu schützen.

„Polizei, keine Bewegung!", schrie ihr Mann sie an und Valentine Herzog wunderte sich über Theos Worte. Wollte er ihr demonstrieren, dass er dieses Mal stärker war als sie? Ihre Gedanken verschwammen, als Theo schrie, dass sie festgenommen sei. Herzog wartete auf das kalte Gefühl, mit dem sich Handschellen um ihre Armgelenke schließen würden, doch sie hörte lediglich das altbekannte Klicken, ohne das Metall an ihren Armen zu spüren. Dann endlich wurde ihr Blick klarer.

Sie erkannte die Haustür, die im Rahmen gesplittert war. Sie sah durch einen Schleier aus Tränen ihren Kollegen, der im Begriff war, ihren Mann festzunehmen. Sie hörte, wie Karlsson den Notruf anrief und einen Notarzt anforderte. Sie sah sich um, konnte jedoch weder einen Verletzten noch eine Leiche entdecken. Für einen Moment dachte sie darüber nach, warum Karlsson einen Arzt anforderte. Noch kürzer wunderte sie sich darüber, was ihr Kollege in ihrem Zuhause machte. Dann wurde alles um sie herum erst leuchtend hell und schließlich schwarz.

KAPITEL 24

Valentine Herzog spürte, wie ihr immer und immer wieder auf die Wangen geklatscht wurde. Nach den harten Schlägen ihres Mannes fühlte sich dies unangenehm schmerzhaft an. Herzog öffnete die Augen und sah in das Gesicht eines Mannes, den sie nicht kannte. „Frau Herzog, da sind Sie ja wieder. Keine Sorge, ich bin Arzt", stellte der Mann sich vor und Herzog spürte, wie ihr Herz schneller schlug.

„Alles gut, Valentine", hörte sie endlich eine vertraute Stimme. Sie sah sich um und entdeckte ihren Kollegen, der ihre Hand hielt. Sie befand sich in ihrem Hauseingang. Mit der Wucht eines Steinschlags kam ihre Erinnerung zurück. Ihr Mann hatte sie in ihrem Haus überfallen. Sie hatte es nicht kommen sehen und sich nach dem ersten zielsicheren Schlag nicht mehr wehren können.

„Sie waren nur einige Minuten weg. Das ist nicht sehr besorgniserregend nach dem, was Sie offenbar einstecken mussten", versuchte der Arzt, sie zu beruhigen. Herzog sah sich um, konnte Theo jedoch nirgends entdecken. „Die Kollegen haben ihn gerade abgeführt", erklärte Karlsson und beantwortete damit die Frage, die sich Valentine Herzog gestellt hatte.

„Können Sie sich aufsetzen?", dieses Mal war es wieder der Notarzt, der sprach. Herzog nickte, blieb jedoch in der Bewegung stehen, weil ein stechender Schmerz in ihren Kopf schoss. Sehr viel langsamer setzte sie sich auf und spürte nun auch das pulsierende Pochen in ihrem Bauchraum.

„So etwas Blödes", fluchte sie vor sich hin. Da war sie so viele Jahre im aktiven Dienst tätig und ließ sich in ihrem eigenen Zuhause von ihrem betrunkenen Ehemann überwältigen. Niemals hätte sie gedacht, dass es eines Tages so weit zwischen ihnen kommen würde.

Vorsichtig hob sie ihr Shirt ein Stück an. Sie sah den großen Bluterguss, der sich bereits in ihrer Rippengegend ausbreitete, und stöhnte auf.

„Ich würde Sie gerne ins Krankenhaus mitnehmen", erklärte der Arzt und Herzog wollte schon protestieren. Doch ihr Kollege nickte bereits zustimmend. „Natürlich fährst du mit, nicht wahr?", forderte er sie auf. Noch immer hätte sie gerne widersprochen, doch Karlsson half ihr bereits auf die Beine, nur um sie im nächsten Moment auf eine Trage zu setzen. „Natürlich kommt sie mit", wandte er sich jetzt an den Notarzt, „Und wenn es Ihnen recht ist, würde ich sie gerne begleiten."

Herzog legte sich zurück, als sie spürte, wie die verabreichten Schmerzmittel ihre Sinne erneut benebelten. „Ist es in Ordnung, wenn Ihr Kollege Sie begleitet?", hakte der Notarzt nach, doch Herzog brachte nur einen Daumen hoch zustande, bevor sie ein weiteres Mal einschlief.

KAPITEL 25

„Hat die Pressekonferenz neue Ergebnisse geliefert?", Herzog hielt das Telefon zwischen Ohr und Schulter geklemmt, während sie auf ihrem Privathandy eine Textnachricht öffnete.

„Ist doch nicht dein Ernst, Valentine", hatte Theo geschrieben, „Wie lange willst du mich hier festhalten?" Herzog warf das Handy beiseite. Sie hatte ihre Verletzungen bereits dokumentieren und fotografieren lassen. Eine leichte Gehirnerschütterung und eine Rippenprellung hatte die ärztliche Untersuchung ergeben. Weiterhin hatten die Schläge ihr einen Schneidezahn gelockert, der mit einem Draht hinter den Zähnen noch gerettet werden konnte. Glücklicherweise war Karlsson rechtzeitig erschienen, um Schlimmeres zu verhindern. Er hatte Herzog kleinlaut gestanden, dass er sie in letzter Zeit jedes Mal nach Feierabend nach Hause begleitet hatte. Er hatte die Ausflüchte, mit denen seine Partnerin ihn in Bezug auf ihr Privatleben abgewimmelt hatte, bemerkt und sich Sorgen gemacht. So hatte er im richtigen Moment vor Ort sein können. Herzog hatte ihren Mann bereits angezeigt. In der Arrestzelle hatte er anscheinend dennoch Zugriff auf unterschiedliche Handys, sodass er seiner Frau bereits mehrere Nachrichten dieser Art hatte zukommen lassen.

„Bisher gibt es keine wirklich heiße Spur", erklärte Karlsson am Telefon, „Einige Anrufer sind sich sicher, den Täter auf der Phantomzeichnung erkannt zu haben. Wenn wir ehrlich sind, hat Inge Heiden uns jedoch ein Allerweltsgesicht beschrieben, sodass es unmöglich ist, hier allen Hinweisen nachzugehen. Gerade vorhin war sich eine Anruferin sicher, den Täter in Garmisch-Partenkirchen an der Zugspitze gesehen zu haben."

Herzog lachte, was einen stechenden Schmerz in den geprellten Rippen auslöste. Sie setzte sich abrupt auf und schnappte hörbar nach Luft. „Das solltest du lassen", empfahl ihr ihr Partner. Herzog überging seinen Kommentar und fragte weiter: „Und hier in der Gegend gibt es keine weiteren Hinweise?" Herzog warf einen Blick auf die Datumsanzeige ihrer Uhr. Eine Woche war bereits seit dem letzten Leichenfund vergangen. Eine Woche, seitdem die letzte Nipptide stattgefunden hatte, und somit eine Woche, bis zur nächsten Nipptide. Die Zeit wurde knapp und das wussten sowohl Herzog als auch Karlsson.

Karlsson antwortete: „Wir haben etliche angebliche Täter, die uns angerufen haben. Einige wollten uns klarmachen, dass sie die Opfer mit Sandsäcken am Meeresgrund befestigten, um uns zu zeigen, dass wir bei jedem Mord zu spät sein würden.

Eine Frau hat behauptet, sie wäre die kleine Meerjungfrau, weshalb sie den Opfern die Muschelkette angehängt und ihnen das ‚M' in die Haut geritzt hätte. Jedes Mal das Gleiche mit aufmerksamkeitsheischenden Menschen, die uns alles auftischen würden, um einmal im Licht der Öffentlichkeit zu stehen. Unsere Fehlinformationen haben sie jedes Mal entlarvt, aber das kostet Unmengen an Zeit und Nerven, wie du weißt. Das Team darf keinen Anruf abweisen, weil mögliche echte Hinweise sonst verloren gehen könnten. Aus den Anrufen werden von vornherein 95 Prozent aussortiert, doch selbst die Recherche der verbliebenen fünf Prozent kostet Zeit. Bisher war da nichts dabei, aber wir bleiben dran und ich gebe dir Bescheid, sobald ich mehr weiß."

Herzog stellte noch eine Frage, bevor sie auflegte: „Und das Mädchen?"

Sie hörte die Stille, die sich förmlich am anderen Ende des Telefons ausbreitete. „Wir wissen noch immer nicht, wer sie ist", sagte ihr Kollege, „Diese junge Frau scheint niemand zu vermissen."

KAPITEL 26

Valentine Herzog dachte über das Gespräch mit ihrem Kollegen nach. Noch immer waren sie sich nicht einig, warum der Täter die stark variierenden Mordmethoden gewählt hatte. „Er will uns etwas sagen", murmelte Herzog vor sich hin und öffnete den Laptop auf ihrem Schoß. Sie suchte in der internen Datenbank nach vergleichbaren Morden. Natürlich fand sie etliche Verbrennungsopfer – auch solche, die lebendig verbrannt waren. Jedoch konnte sie keinen Mord entdecken, bei dem die Opfer mit Zement gefüllt worden waren.

Dennoch war sie sich sicher: Der Täter hatte ihnen etwas zu sagen. Nicht umsonst sorgte er dafür, dass die Opfer nach der Nipptide wieder auftauchten. Er wollte, dass sie entdeckt werden. Er wollte an ihnen ein Exempel statuieren.

Er nahm keinen Kontakt zu den Ermittlern auf, wie es Serientäter im Bereich der Sozio- oder Psychopathie häufig taten. Solche Täter wollten der Polizei beweisen, dass sie ihnen einen Schritt voraus waren. Sie legten Hinweise, unterschrieben mit einem selbst auferlegten Namen, oder nahmen sogar telefonischen Kontakt zum Ermittlerteam auf, um sie zu verhöhnen. All das hatte ihr Täter nicht getan. Er hatte lediglich dafür gesorgt, dass die Leichen während der Ebbe wieder sichtbar wurden. Er schien keinen Drang zu haben, Spielchen zu spielen. Dennoch hatte er die Mordmethoden keinesfalls zufällig gewählt.

„Frau Herzog, ich möchte Sie zur Nachuntersuchung bringen. Darf ich bitten?", die Krankenschwester hatte mit einem leichten Klopfen das Zimmer betreten und einen Rollstuhl vor Valentine Herzog abgestellt. Als die Schwester die Ermittlerin in das Untersuchungszimmer brachte, sah Herzog die Vorlesestunde für Kinder. „Grimm'sche

Märchen, neu interpretiert", stand auf dem Einband. Herzog lächelte. Sie selbst hatte als Kind immer gerne Märchen gehört.

Plötzlich spürte Herzog, wie ihr Kopf sich zu drehen begann. Sie überkam das Gefühl, das sie immer dann traf, wenn sie eine Spur vor sich hatte, die sie noch nicht sah. Es war das Gefühl, das sie zu der feinfühligen Ermittlerin machte, die sie schon immer gewesen war.

„Dein Instinkt ist einzigartig", hatte ihr ehemaliger Polizeidirektor an der Ostsee sie nicht selten gelobt. Und jedes Mal, bevor sie eine Eingebung hatte, war ihr dieses schummrige, sich drehende Gefühl vorausgegangen. Herzog lehnte sich tiefer in den Rollstuhl und schloss die Augen. Wort für Wort ging sie das Telefonat mit ihrem Partner noch einmal durch, spürte nach, ob sich ihr Instinkt in diesem Moment schon einmal gemeldet hatte. Und dann wusste sie es: Die Lösung lag direkt vor ihr und sie hatten sie übersehen. Ihr Puls begann, zu rasen. Sie zwang sich, ruhig zu atmen, als sie die Kabel, mit denen sie mit den Monitoren verbunden war, abstöpselte.

„Frau Herzog, was tun Sie denn da?", fragte die aufgeregte Schwester und blieb mit dem Rollstuhl stehen.

Herzog schloss für einen Moment die Augen. Der Schwindel, den ihre abklingende Gehirnerschütterung auslöste, drohte, sie zu übermannen.

„Ich entlasse mich selber", sagte sie dennoch und stand zielstrebig auf. Mit schwindelndem Kopf, aber festem Willen verließ sie das Krankenzimmer und stieg in eines der Taxen, die vor dem Krankenhaus warteten. Sie musste unbedingt zurück nach Sankt Peter Ording.

KAPITEL 27

„Valentine, was machst du hier?", fragte Karlsson seine Kollegin in dem Moment, in dem sie das gemeinsame Büro betrat. Schon im nächsten Moment war ihr Partner an ihrer Seite, schob ihr einen Stuhl zurecht und half ihr, sich zu setzen. Herzog stützte die schmerzenden Rippen mit den Händen ab und atmete mehrere Male vorsichtig so tief, wie sie konnte. Sie hörte das Glas, welches ihr Kollege vor ihr abstellte, und nahm einen Schluck des kühlen Wassers.

„Herzog?", hörte sie da auch schon die harsche Stimme ihres Chefs. Natürlich war ihr Kommen nicht lange unbemerkt geblieben, „Wenn ich mich recht entsinne, sollten sie in diesem Moment in einem Krankenhausbett liegen und nicht in Ihrem Büro sitzen. Ist das richtig?"

Herzog winkte ab und meinte: „Ich wurde entlassen." Sie sah die hochgezogene Augenbraue der Männer, die ihr gegenüberstanden. „Auf eigenen Wunsch", ergänzte sie, „Es geht mir gut und ich denke, dass ich weiß, was es mit den Mordmethoden auf sich hat." Als sie in die weiterhin harten Gesichter ihres Kollegen und Chefs sah, tat sie etwas, was sie sonst niemals tun würde. Sie bettelte.

„Bitte", sagte sie und formte die Hände zu einer flehenden Geste, „Bitte lassen Sie mich hier. Ich werde auch ganz ruhig auf meinem Stuhl sitzen und die nächsten Tage nicht in den Außendienst gehen. Wir verlieren Zeit. Die nächste Nipptide rückt näher und wir drehen uns im Kreis. Es wird dringend Zeit, dass wir neuen Hinweisen nachgehen. Alles, was wir haben, ist bisher im Sand verlaufen und wir brauchen dringend einen neuen Ansatz, um …"

Der Dezernatsleiter Hagedorn unterbrach sie: „Sie hatten mich schon bei der Erwähnung der Zeit, die wir verlieren. Ich ordne an, dass Sie im Außendienst so lange nichts zu suchen haben, wie der

Arzt Ihnen keine Freigabe erteilt. Hier im Büro dürfen Sie gerne so viel nachdenken, wie Sie möchten."

Herzog machte den Fehler, tief einzuatmen. Sie schnappte nach Luft und hielt sich erneut die verletzten Rippen. „Ich gewöhne mir für diese Zeit einfach das Atmen ab", versuchte sie es mit einem Scherz, als sie das mitleidende Gesicht ihres Partners sah. Doch weder das leichte Heben des Mundwinkels, welches ihr immer vertrauter wurde, noch das Grübchen auf der linken Wange wollte sich zeigen.

„Na gut", meinte Herzog, als sie sah, dass ihr Partner nicht überzeugt davon war, sie hier zu haben, „Lass uns arbeiten."

KAPITEL 28

„Die kleine Meerjungfrau?", fragten Karlsson und Hagedorn gleichzeitig, nachdem Valentine Herzog ihnen ihren Gedankengang eröffnet hatte. „Ganz genau", bestätigte sie, „Kurz nach unserem Telefonat wusste ich, dass du etwas erwähnt hast, was wichtig für unseren Fall ist." Sie schüttelte den Kopf, als sie das fragende Gesicht ihres Partners sah. „Ich kann es selbst nicht erklären", meinte sie, „Ich habe schon immer ein Gespür gehabt, wann ich auf einer richtigen Spur war. Ähnlich, wie ich bei dem Mann mit dem Hut auf dem Video bereits unterbewusst wahrgenommen haben muss, dass er wichtig werden wird. Offenbar habe ich den Moment, in dem er zum ersten Mal erschienen ist, wahrgenommen, sodass ich dir neulich mit Sicherheit sagen konnte, dass ich ihn zuvor nicht auf dem Videomaterial gesehen habe. Hier war es ähnlich. Wir haben gesprochen und mir war klar, dass du etwas gesagt hast, was mit unseren Morden zu tun hat."

Herzog sah, wie Jannis Karlsson die Augenbrauen zusammenzog, doch der Dezernatsleiter lenkte ein: „Das ist der Grund, warum ich Herzog nach Sankt Peter Ording geholt habe", erklärte er, „Ich habe von ihrer besonderen Fähigkeit gehört, die Dinge detaillierter wahrzunehmen als die meisten Menschen. Ihre Hochsensibilität im emotionalen und kognitiven Bereich hat schon bei der Auflösung etlicher Fälle geholfen. Sie sieht viele Zusammenhänge schneller, als andere Ermittler es können."

Herzog nickte: „Ich bin mit der Charaktereigenschaft der Hochsensibilität bereits geboren worden. Viele Menschen sind in unterschiedlichen Bereichen hochsensibel. Ich konnte es mir zunutze machen, indem ich angefangen habe, meinen Gefühlen zu vertrauen. Und genau deshalb bin ich mir vollkommen sicher, auf dem richtigen Weg zu sein." Als sie das Nicken ihres Kollegen sah, erklärte sie ihre Theorie: „Du sagtest, dass die anonyme Frau am Telefon meinte, sie hätte die Morde begangen, weil sie die kleine Meerjungfrau sei. Aus diesem Grund hätte sie den Opfern die Muschelkettchen angehängt und ein ‚M' in ihre Haut geritzt. Was, wenn die Nipptiden nicht nur nützlich sind, um die Opfer unter Wasser zu halten? Was, wenn sie einen rituellen Aspekt in sich tragen? In jedem Märchen geht es um Wiederholungen, um Rituale. Was, wenn die jeweilige Zeit der Morde ein Ritual darstellt? Der Täter wird weitermorden – immer, während der Nipptide, um sein Ritual beizubehalten."

Herzog sah, dass ihr Kollege etwas anmerken wollte, doch sie ließ ihn nicht zu Wort kommen: „Hänsel und Gretel", warf sie ein, „Im Märchen entführt die böse Hexe die Kinder. Für einen kurzen Moment sieht es so aus, als würde das Böse siegen. Doch dann schubst Gretel sie in den Ofen."

„Wo sie bei lebendigem Leibe verbrennt", ergänzte Karlsson. Herzog nahm den Moment im Blick ihres Partners wahr, als er verstand, worauf sie hinauswollte. Sie nickte und erklärte weiter: „Zwar wird im Märchen die Hexe in einen Ofen geworfen, das dürfte sich für unseren Täter allerdings schwierig gestaltet haben, weil er kaum Zugriff auf entsprechende Öfen gehabt haben dürfte. Möglicherweise hat er sich deshalb für einen Scheiterhaufen entschieden. Die metallischen Einkerbungen an ihren Armen und Beinen könnten sie an einem Pfahl festgehalten haben. Auch der erste Mord könnte zu einem Märchen passen." „Der Wolf und die sieben Geißlein", sagte sie zeitgleich mit ihrem Partner und Herzog klärte den Dezernatsleiter auf. „Hier frisst der Wolf alle Geißlein bis auf eines. Als die Mutter zurückkehrt und das siebte Geißlein findet, schneidet sie dem Wolf den Bauch auf, rettet die Kinder und füllt den Bauch des Feindes mit Wackersteinen. Verstehen Sie?", fragte sie, „Einen Mord, in dem ein Mensch mit Steinen aus Zement gefüllt wurde, wurde bisher in keiner Datenbank erfasst. Die Mordmethode ist dem Täter wichtig, er will uns etwas zeigen. In meiner Theorie könnte der Sinn versteckt sein. Wenn ich richtig liege, müssen wir herausfinden, warum Märchen eine so große Bedeutung für unseren Täter haben."

KAPITEL 29

Aron Heidenreich schwang das Beil, spürte den Druck, der ihm mit aller Härte entgegenschlug, als er das Beil in den Knochen schlug. „Du bist aber auch ein zähes Stück Fleisch", murrte er, als er das Beil erneut erhob und wieder auf die Kerbe des Knochens niedersausen ließ. Endlich hatte er die Schweinehälften zerteilt. Der Metzger hob die Schweinehälften auf und hing sie an den dafür vorgesehenen Haken. Seit vier Jahren arbeitete er nun schon in Cuxhaven und er hatte gelernt, dass auch vor Ort trotz der Nähe zur See große Mengen Fleisch verzehrt wurden.

Mit einem satten Klatschen seiner Hand gab er der Schweinehälfte Schwung, um sie zu den anderen hängenden Hälften zu manövrieren. „Aber ganz egal, wie hart deine Knochen auch sein mögen", sprach er zu dem toten Lebewesen: „Mein Beil ist härter. Ich krieg euch alle."

Aron Heidenreich war nie der beste oder der beliebteste Schüler gewesen. Mit den Wünschen, zu studieren, hatte er bereits auf der zehnten des Gymnasiums abgeschlossen, das er vor einigen Jahren besucht hatte. Er war eher ein Mann fürs Grobe, sodass der Beruf des Metzgers ihm attraktiv erschienen war. Bis heute hatte er seine Entscheidung nicht bereut. Auch die Tatsache, dass er während der Nachtschichten alleine arbeitete, machte ihm nicht viel aus. Er war von Natur aus nicht der gesellige Typ.

Aron zuckte zusammen, als er das Klatschen hörte. Es klang wie ein Abbild des Klatschens, mit dem er die Schweinehälfte befördert hatte. Heidenreich sah sich zu allen Seiten um. Eine der Rinderhälften, die er in dieser Nacht befestigt hatte, schwankte leicht hin und her. Heidenreich legte den Kopf schief. Dann hörte er ein knackendes

Geräusch und spürte einen brennenden Schmerz, als ein harter Gegenstand auf seinen Kopf niedersauste.

„Da bist du ja wieder", hörte er die tiefe Stimme, die er unter allen Stimmen wiedererkennen würde. Sie erinnerte ihn an längst vergangene Zeiten. Heidenreich öffnete die Augen und sah das Gesicht des Mannes vor sich, dem er mit dem Umzug nach Cuxhaven entkommen wollte. Er wollte etwas sagen, spürte jedoch, dass sein Mund zugeklebt worden war. Blut rann ihm aus einer Wunde im Kopf in die Augen. Aron Heidenreich versuchte, sich aufzurichten, doch die Beine und Hände waren mit Klebeband fixiert worden. Das Blut in seinen Augen vermischte sich mit seinen Tränen, als er das Glänzen des Gegenstandes sah, den der Mann in seiner Hand hielt. Er erkannte noch das rotglänzende Blut des Schweines, welches er kurz zuvor selbst mit dem Beil durchtrennt hatte.

„Weißt du Aron", meinte der Mann und seine Stimme klang bedrohlich tief, „Vielleicht hast du schon einmal vom Märchen ‚Aschenputtel' gehört. Die Schwestern des ehrlichen Mädchens sind hinterhältig und gemein." Rumms! Ein gewaltiger Schmerz schoss Heidenreich in den Fuß, als sein großer Zeh mit der scharfen Klinge abgetrennt wurde. „Aber die Schwestern können nicht siegen", sprach der Mann weiter. Rumms! Nun kullerten der kleine und der zweite Zeh über den Fußboden. Heidenreich schrie unter seinem Knebel auf. Tränen rannen ihm über das Gesicht, er spürte den Schwindel, der ihn überkam. Der Mann fuhr fort: „Selbst, als sie versuchen, sich Fersen und Zehen abzuschneiden, können sie nicht gewinnen. Weil das Gute immer über das Böse siegt." Rumms! Aron Heidenreich sah, wie sein Fuß sich mit zwei weiteren gezielten Hüben des Beils von seinem Bein trennte. Er musste würgen und Erbrochenes füllte seinen Mund. Er versuchte, zu atmen, doch er bekam keine Luft mehr. Panisch schnappte er nach Luft und spürte das Brennen, als er sein Erbrochenes einatmete. Er verdrehte die Augen und das Letzte, was er hörte, waren die Worte des Mannes: „Weil Gerechtigkeit überall die Oberhand behält."

KAPITEL 30

„Verflucht", hörte Herzog die Stimme ihres Kollegen. Der Knall, mit dem er das Märchenbuch auf den Tisch warf, ließ sie zusammenzucken. Er sagte: „Ich komme mir vor wie im Märchenunterricht in der Schule. Ich suche nach magischen Zahlen, Ritualen, Wiederholungen, Metaphern. Aber ich kann beim besten Willen nichts finden, was uns dem Täter näherbringt."

Auch die Ermittlerin ließ ihr Buch sinken. Sie hatte sich die Interpretationen der Grimm'schen Märchen „Hänsel und Gretel" und „Der Wolf und die sieben Geißlein" ausgeliehen und mehrmals aufmerksam gelesen.

„Wenn wir davon ausgehen, dass unser Täter die Märchen als Vorlage für die Mordmethoden nutzt", überlegte sie laut, „dann hätte der Täter selbst die Rolle des Guten eingenommen. Bei Hänsel und Gretel wäre er die Gretel, die am Ende die Hexe in den Ofen stößt. Beim Wolf und den sieben Geißlein hingegen ist er in die Rolle der Geißenmutter geschlüpft, die den Wolf mit Wackersteinen füllt."

Karlsson spann den Gedanken weiter: „Unser erstes Opfer hätte in diesem Fall den Platz des Wolfes eingenommen und unser zweites Opfer stünde stellvertretend für die Hexe. Beide Figuren in den Märchen haben die Rolle des Bösen. In den Augen unseres Täters tut er mit dem Morden etwas Gutes. Der Verdacht, dass er jemanden rächt, würde sich dadurch erhärten. In beiden Märchen geht es um die Familie. Gretel stößt die Hexe für ihren Bruder in den Ofen und die Mutter füllt den Bauch des Wolfes wegen ihrer Kinder mit Wackersteinen."

Herzog nickte. Sie war dankbar, dass ihr Partner sich so einfach auf ihre neue und zugegebenermaßen gewagte Theorie eingelassen hatte. Allzu oft war sie belächelt worden, wenn sie ihre Gedankengänge präsentierte, die aus ihrer Feinfühligkeit entstanden waren. Sie selbst hatte sich anfangs ebenso wenig getraut und Gedanken, die sich später als richtig herausstellten, verworfen.

„Ein innerfamiliärer Verlust würde die Wut, mit der unser Täter handelt, erklären", überlegte Herzog weiter, „Er hat dem ersten Opfer auf brutale Weise den Kiefer ausgerenkt. Dazu gehört schon eine ganze Menge Wut. Ich denke, dass wir es nicht mit einem klassischen Psycho- oder Soziopathen zu tun haben. Sicher hat der Täter seine Fähigkeit zur Empathie aus Wut und Rachelust den Opfern gegenüber abgelegt. Dennoch scheint er sich nicht generell am Leid von fremden Menschen zu erfreuen, wie es bei Psychopathen der Fall sein kann. Wut scheint also eine vorrangige Rolle zu spielen." Herzog sah ihren Partner an: „Ich denke, wir haben es mit einem Täter zu tun, der ein enges Familienmitglied verloren hat. Und die jungen Erwachsenen tragen seiner Meinung nach die Schuld. Wir müssen unbedingt herausfinden, wer das zweite Opfer ist. Wenn wir die Verbindung zwischen den beiden Opfern erkennen, dann kommen wir dem Täter ein gutes Stück näher."

KAPITEL 31

„Nipptide-Morde –
Wenn die Polizei sich in den Weiten des Wassers verliert

Die nächste Nipptide steht kurz bevor und wir alle fragen uns: Wo ist unser ‚Freund und Helfer', wenn wir ihn benötigen? Dünne Fakten, keine Spuren – all das hat uns der Ermittler der Mordkommission Jannis Karlsson auf einer Pressekonferenz vor einigen Tagen präsentiert. Ein Phantombild, das zu jedem x-beliebigen Nachbarn von nebenan passen könnte, und ein Täterprofil, auf das sogar ich selbst passe. Und nein – ich unterliege keinem Muschelketten-Fetisch und auch der Buchstabe ‚M' und ich haben keine Verbindung zueinander.

Seitdem wir aufgefordert wurden, aufeinander aufzupassen, hören wir von den Ermittlern des Falles nichts mehr und wir fragen uns: Wer passt auf uns auf? Auf unsere Kinder, unsere Eltern und Geschwister? Es wird Zeit, dass wir unseren Schutz selbst in die Hand nehmen. Ich fordere hiermit die Bürger und Bürgerinnen auf, Eigeninitiative zu ergreifen. Wenn die Polizei nicht ausreichend Einsatzkräfte hat, um während der Nipptide den Nordseestrand zu überwachen, dann müssen wir es tun. Lasst uns denjenigen fangen, der es auf unschuldige Opfer abgesehen hat.

Ich fordere auf zur eigenständigen Patrouille – zum Schutz derer, die wir lieben."

Valentine Herzog schüttelte den Kopf, als sie den Interneteintrag las, auf den der Leiter des Dezernats sie aufmerksam gemacht hatte. „Wenn wir an die Presse gehen, gibt es immer wieder diejenigen, die meinen, es besser zu wissen als wir", murmelte sie vor sich hin. Dennoch war dieser Artikel von höchster Brisanz. Er war hundertfach geteilt worden und die Likes und Klicks stiegen von Minute zu Minute. Offenbar war der User „Mr. Knowing" kein Unbekannter unter den Internetnutzern. Herzog wandte sich an Michael Hagedorn: „Wenn wir das hier ignorieren, dann stehen morgen etliche ‚besorgte Bürger' mit Keulen am Strand und verprügeln jeden Mann mit einer schiefen Nase."

Hagedorn zog die Augenbrauen zusammen und fragte: „Sie denken also nicht, dass es sich hierbei um eine Lappalie handelt? In den meisten Fällen sind Likes doch heiße Luft und niemand tut tatsächlich das, was er im Internet behauptet." Doch die Ermittlerin schüttelte den Kopf: „In vielen Fällen stimmt das. Allerdings haben die Zeiten sich geändert. Wenn die Gruppe der ‚besorgten Bürger' sich gegen den Staat, die Polizei oder andere Rechtsgewalten wehren kann, dann tut sie das auch. Dabei ist es häufig irrelevant, worum es tatsächlich geht. Die meisten, die diesen Beitrag geteilt haben, haben es wohl getan, um zu zeigen, dass sie es besser wissen als wir. Dennoch wird es einige unter ihnen geben, die sich aufgefordert fühlen, aktiv zu werden. Und innerhalb dieser Gruppe werden sich Menschen befinden, die gewaltbereit sind. Ich denke, wir sollten noch einmal an die Presse gehen."

KAPITEL 32

Valentine Herzog ließ das Handy sinken und versuchte, sich auf die Pressekonferenz zu konzentrieren. Doch so ganz wollte es ihr nicht gelingen. Ihr Noch-Ehemann hatte ihr nach seiner Verhaftung so viele Nachrichten zukommen lassen, dass ihr jedes Mal, wenn ihr Privathandy summte, die Nackenhaare zu Berge standen. Auch, wenn seit einigen Tagen keine Nachrichten mehr hereinkamen, war ihr nicht wohl dabei, dass Theo wusste, wie er sie erreichen konnte. „Ich sollte mir eine neue Nummer zulegen", murmelte sie vor sich hin, als sie schon die Stimme ihres Partners hinter sich hörte:

„Hat alles so gepasst?" Sie nickte und ließ das Handy in ihre Tasche gleiten, bevor sie antwortete: „Ich hoffe, dass diejenigen, die sich dazu entschieden hatten, tatsächlich morgen an den Strand zu gehen, zur Vernunft kommen." Karlsson hatte die Bürger gebeten, sich nicht in Gefahr zu bringen. Er hatte erwähnt, dass der Täter ein konkretes Ziel verfolgte und sich nicht davon abbringen lassen würde, dieses Ziel zu erreichen. Er hatte verdeutlicht, dass diejenigen, die ihm gegenübertreten würden, sich bewusst in Gefahr bringen würden. Vor allem war es Herzog und Karlsson darum gegangen, Unbeteiligte zu schützen. Nicht selten gerieten während solcher Eigeninitiativen Unschuldige in Gefahr.

Valentine Herzog sah ihren Partner an. „Wir müssen trotzdem die Einsatzkräfte in den nächsten Tagen aufstocken lassen", meinte sie, „Es könnte vermehrt zu Zwischenfällen kommen und darauf müssen wir uns einstellen. Wir sollten ‚Mr. Knowing' auf keinen Fall die Möglichkeit geben, sich hinterher darüber auszulassen, dass wir nicht vorbereitet waren."

Karlsson stimmte zu: „Ich denke, Hagedorn hat die Einsatzstellen bereits informiert. Hat die IT inzwischen eigentlich herausgefunden, welcher Name zu unserem Internettroll gehört?"

Herzog nickte: „Ich habe die Nachricht vorhin bekommen. Tatsächlich ist ‚Mr. Knowing' eine junge Frau, die im Internet zu Taten aufruft, wann immer sich ihr die Möglichkeit bietet. Dabei plädiert sie auf die Freiheit und Rechte der Bürger und die eigene Verletzbarkeit, die durch den Staat angeblich nicht geschützt wird. In den letzten Jahren hat sie einen enormen Zuwachs bekommen, da sich immer mehr Bürger unverstanden fühlen und in der Anonymität des Internets die Möglichkeit gefunden haben, ihren Frust abzubauen. Ihr richtiger Name ist Erika Nies und sie wohnt auf der Ostseeinsel Rügen – sie hat also weder etwas mit der Nordsee zu tun noch wird sie an der von ihr angeregten ‚Patrouille' selbst teilnehmen. Die Kollegen der Polizei auf Rügen sind bereits informiert und müssten ihr heute im Laufe des Tages einen Besuch abstatten. Wie wirkungsvoll das ist, werden wir sehen – schließlich tut sie nichts weiter, als ihre Meinung zu sagen. Die Gewalt, zu der immer wieder aufgefordert wird, verbirgt sich vor allem in den Kommentaren zu ihrem Post – und die dazugehörigen User können wir unmöglich alle aufsuchen."

Herzog legte den Kopf in die Hände. Sie würde niemals verstehen, warum Menschen sich bewusst dafür entscheiden, im Internet so viel Unruhe wie möglich zu schaffen.

KAPITEL 33

„Kaffee?", Valentine Herzog hatte Mühe, die Augen offenzuhalten. Sie und Karlsson hatten sich entschieden, die Nacht im Dezernat zu verbringen. Die Nipptide war gekommen, hatte bereits zwei Tage angehalten und es war zu mehreren Zwischenfällen gekommen, in denen sich Passanten gegenseitig angegangen hatten. Glücklicherweise hatte es bisher jedoch noch keine Verletzten gegeben. Mit dem angehenden Ende der Nipptide warteten Herzog und Karlsson jedoch auf den unvermeidlichen Anruf. Die Polizeistellen der Nordseeküste waren informiert, dass das Ordinger Morddezernat ohne Umschweife informiert werden sollte, falls die Ebbe Leichen freilegen sollte.

Und der Anruf kam aus Cuxhaven. „Wenn Sie die Leiche am Fundort sehen wollen, sollten Sie sich umgehend auf den Weg machen, bevor die nächste Flut kommt", hatte der Einsatzleiter um drei Uhr nachts am Telefon gesagt. Ein Blick von Herzog hatte gereicht, damit Karlsson zu den Autoschlüsseln gegriffen und sie seiner Kollegin zugeschmissen hatte.

„Gut, dass Sie da sind", sagte der Einsatzleiter knapp drei Stunden später und schüttelte beiden Ermittlern die Hand, „Die Fotos sind gemacht, die Spusi hat ihre Arbeit abgeschlossen, sodass wir sofort zur Leiche können. Das Wasser beginnt langsam, zurückzukehren, sodass wir nicht viel Zeit haben."

Herzog strich sich die Haare aus den Augen. Sie hatte sich nicht einmal mehr die Zeit genommen, sich ihren Zopf zu flechten, sodass ihr ihre langen Haare ins Gesicht flogen. „Was haben wir?", fragte sie auf dem Weg zum Strand.

„Männliche Leiche zwischen 23 und 27 Jahren, würde ich schätzen. Ihm wurde ein Fuß abgetrennt, sodass es sich bei der Todesursache um Verbluten handeln könnte. Aber da wird Ihnen Ihr Rechtsmediziner sicher mehr sagen können. Die Leiche wurde mit Seilen und Steinen unter Wasser festgehalten, so wie Sie es bereits telefonisch angekündigt hatten. Dennoch gab es eine Überraschung. Zusätzlich zu den Steinen hat der Täter den Kopf des Opfers mit einem Sandsack am Aufsteigen gehindert." Herzog und Karlsson sahen sich gleichzeitig an. Die Ermittlerin hatte bereits einen Gedanken, was den Täter zu dieser Entscheidung getrieben hatte.

Der Einsatzleiter fasste alles Weitere zusammen: „Als die Ebbe einsetzte, hat einer meiner Männer die Leiche entdeckt. Wir hatten ohnehin gerade patrouilliert, da in der Nacht das Deichbrand-Festival stattgefunden hat. Da kommt es häufig zu Zwischenfällen, sodass meine Männer immer im Einsatz sind."

Herzog und Karlsson sahen die Leiche bereits aus der Ferne. Der fehlende Fuß war nicht zu übersehen. „Haben wir eine Ahnung, wo der Fuß abgeblieben ist?", hörte Herzog ihren Kollegen fragen und der Einsatzleiter nickte. Als sie näher an die Leiche herantraten, deutete der Polizist auf den Beutel, der neben der Leiche am Boden befestigt worden war: „Wir haben einen Blick hineingeworfen. Der Fuß liegt darin. Einzelne Zehen kullern einzeln durch den Beutel."

KAPITEL 34

„Aschenputtel?" – Herzog nickte, als ihr Kollege ihr die Frage nach dem Märchen stellte, und meinte: „Ich denke, unsere Märchentheorie hat sich gerade bestätigt. Im Aschenputtel wird die junge Frau von Stiefschwestern und Stiefmutter gequält. Die verstorbene Mutter wacht als Engel über ihre Tochter und die Tiere helfen dabei, dass das Aschenputtel am Ende den Prinzen heiraten kann. Die bösen Stiefschwestern hingegen trennen sich Fersen und Zehen ab, um ihr Glück zu finden, bleiben dabei jedoch ohne Erfolg."

„Und die Sache mit dem Sandsack?", wandte sich Karlsson an seine Kollegin. „Ich denke", mutmaßte diese, „dass unser Täter uns zeigen möchte, dass er unser Täterprofil gesehen hat. Hätte er die gesamte Leiche mit Sandsäcken befestigt, hätten wir ihn für einen Trittbrettfahrer halten können – was er natürlich vermeiden möchte. Dennoch möchte er uns zeigen, dass er uns überlegen ist. In dem Sandsack steckt meiner Meinung nach eine ganze Menge Spott. Und dieser Spott ist an dich gerichtet, weil du es vor der Kamera erwähnt hast." Herzog sah, wie ihr Kollege zu nicken begann.

Dann meinte er: „Allmählich beginnt er, die klassischen Merkmale eines Serientäters zu entwickeln. Es scheint, als würde ihm das Morden immer mehr Spaß bringen, und langsam baut er es zu einem Spiel mit uns aus."

Die beiden Ermittler hatten beobachtet, wie die Leiche in den Transportwagen gelegt und in Richtung Sankt Peter Ording abtransportiert worden war. Dann hatten sie sich selbst auf den Weg gemacht. Sie würden der Rechtsmedizin umgehend einen Besuch abstatten, um bei der Obduktion anwesend zu sein.

„Der Tod ist nicht alleine durch den Blutverlust durch das Abtrennen des Fußes eingetreten", erklärte Dr. Meinert, nachdem die äußere Leichenschau beendet und der Brustkorb des Opfers geöffnet worden war, „Auch die Kopfverletzung ist nicht schuld gewesen. Vermutlich hat der Täter das Opfer mit dem Schlag auf den Kopf lahmgelegt, dennoch ist es hierdurch nicht gestorben. Wie wir an den Hautreizungen um den Mundbereich gesehen haben, ist der Mund des Mannes verklebt gewesen, als er gestorben ist. Seine Luftröhre und Lunge sind stark gereizt und ich kann Essensreste in den Bronchien erkennen. Offensichtlich hat sich das Opfer durch die Panik und die großen Schmerzen übergeben müssen. Als das Erbrochene zu viel wurde, hat der Mann es eingeatmet und ist daran erstickt."

Herzog schüttelte den Kopf und fragte: „Hat er lange leiden müssen?" Dr. Meinert wägte ab und meinte: „Die Schmerzen im Fuß hat er sicher noch gespürt, sonst hätte er sich nicht übergeben müssen. Der Tod durch Aspiration löst nicht nur Panik aus, sondern ist auch noch äußerst schmerzhaft, weil die Lunge unmittelbar auf die fremde Substanz reagiert. Es wird nicht besonders lange gedauert haben, bis unser Opfer gestorben ist, aber die Antwort ist – ja. Das Opfer hat gelitten."

Herzog schloss die Augen. Wie so oft hatte sie das Gefühl, das Leid und den Schmerz des Opfers mitzufühlen. Sie atmete einige Male tief durch, bevor sie sich an ihren Partner wandte. „Dieses Mal werden wir herausfinden, wer der Tote ist", sagte sie bestimmt, „Wir werden eine Verbindung zu Alexander Helms finden und dann auch unser zweites Opfer zuordnen können. Und wenn es so weit ist, werden wir herausfinden, wer sich an den dreien rächen wollte. Es wird kein viertes Opfer geben, das schwöre ich dir." Während sie das ausgesprochen hatte, war sie immer lauter geworden, bis sie schließlich aus dem Sektionssaal stürzte und die Tür hinter sich zuschlug.

KAPITEL 35

„Bitte sag mir, dass wir einen Treffer haben", die Ermittlerin sah Özlem Güngör aus der Rechtsabteilung an und sah, wie sich ein Lächeln auf deren Gesicht ausbreitete. „Nicht nur das", antwortete sie und drehte Herzog den Bildschirm entgegen, „Die guten Nachrichten sind gerade eben hereingeflattert. Der Verstorbene heißt Fiete Petersen. Er ist 24 Jahre alt und kommt ehemals aus Sankt Peter Ording – genau wie das erste Opfer. Und nicht nur das. Als ich seinen Namen in die Datenbank eingegeben habe, wurde die ‚Nordseeschule' als ehemalige Schule angegeben. Das ist das gleiche Gymnasium in der Pestalozzistraße, das auch Alexander Helms besucht hat."

Herzogs Augen leuchteten auf, als sie fragte: „Sind die beiden im selben Jahrgang gewesen?" Özlem Güngör zwinkerte ihrer Kollegin zu: „In einer Klasse", bestätigte sie die Hoffnung der Ermittlerin.

Herzog lehnte sich ein Stück näher an den Bildschirm und fragte, „Versuchst du bitte einmal, ein Klassenfoto zu finden?", doch Güngör hatte bereits geahnt, worauf es hinauslaufen würde, sodass die Ergebnisse bereits luden.

„Du denkst, die junge Frau wird auf diesem Bild zu finden sein?", fragte Karlsson, als seine Kollegin mit dem Bild in der Hand ins Büro trat. „Ich bin mir vollkommen sicher, dass es eine von ihnen ist", antwortete sie und spürte endlich wieder das Gefühl von Euphorie in sich: „Ich habe die Recherche bereits gebeten, die Kontaktdaten der Schüler und Schülerinnen der Klasse herauszufinden. In der Zeit sollten wir noch einmal die Eltern der beiden jungen Männer befragen. Wir müssen herausfinden, in welchem Verhältnis sie zueinandergestanden haben, und falls sie in einer Clique waren, welche Mitschüler ihnen zusätzlich angehört haben. Wenn wir das wissen, dann wissen wir auch, wer unser weibliches Opfer ist. Und dann wissen wir, wer das nächste Opfer sein wird. Bist du einverstanden, wenn ich zu Familie Helms fahre? Dann könntest du in dieser Zeit schon einmal mit den Eltern von Fiete Petersen sprechen. Wir sind ganz dicht dran, Jannis. Das weiß ich genau."

Ein Lächeln breitete sich auf Herzogs Gesicht aus. Sie hoffte so sehr, dass sie und ihr Partner den Fall endlich lösen würden. Sie sah Karlsson einen Moment länger in die Augen, als es nötig gewesen wäre. Der flüchtige Moment, in dem ihr Partner ihr über die Wange strich, war so schnell vergangen, wie er gekommen war. Und schon im nächsten Augenblick war ihr Partner zur Tür herausspaziert, um mit den Eltern des dritten Opfers zu sprechen.

KAPITEL 36

„Wir haben Ihnen bereits alles gesagt, was wir wissen", sagte die Mutter von Alexander Helms zum wiederholten Mal. Valentine Herzogs Augen verengten sich. Die Frau hatte ihr nicht einmal zugehört, fast hätte sie ihr die Tür direkt vor der Nase zugeschlagen.

„Frau Helms", schlug Herzog einen forscheren Ton an, „Mein Kollege und ich haben Ihnen bereits mitgeteilt, dass es sich bei dem Mord an Ihrem Sohn um einen Racheakt gehandelt haben könnte. Wir haben ein drittes Opfer, welches die gleiche Klasse besucht hat wie Alexander. Unser Verdacht erhärtet sich damit umso mehr. Wir brauchen dringend Ihre Hilfe, um weitere Opfer zu vermeiden. Und ich nehme an, dass es auch in Ihrem Interesse ist, den Täter zu finden?"

Adriana Helms verschlang die Arme vor der Brust und biss sich auf die Unterlippe. In Herzog kam der Verdacht auf, dass sie ganz genau wusste, worum es eigentlich ging. „Möchten Sie mir vielleicht etwas sagen?", fragte sie, doch Helms schüttelte den Kopf. In diesem Moment kam ihr Mann hereingeschnellt.

„Adriana", meinte er wütend, „Ich habe keine Ahnung, was hier vor sich geht. Aber seitdem Alexander ermordet wurde, machst du dicht. Du sprichst nicht mehr mit mir und du hilfst den Ermittlern nicht, den Mörder unseres Sohnes zu finden. Du verheimlichst etwas. Was ist es?" Der Mann nahm seine Frau bei den Schultern und schüttelte sie kurz, aber kräftig.

„Herr Helms", rief die Ermittlerin lauter als beabsichtigt. Der Mann hatte seiner Frau eindeutig nicht wehtun wollen, schien sie lediglich aus Verzweiflung gepackt zu haben. Und doch holten die Erinnerungen, die Herzog selbst erst vor Kurzem gemacht hatte, diese wieder ein. Mit einem Ruck zog sie den Mann von seiner Ehefrau weg. Für einen kurzen Moment zuckten ihre Hände sogar zu ihrer Waffe. Diesen kurzen Reflex konnte sie jedoch unterdrücken, noch bevor sie den Griff in ihren Fingern spürte.

„Ich schlage vor, dass Sie in den Nebenraum gehen", bestimmte sie und schob Herrn Helms behutsam von seiner Frau weg, „Sie wären mir eine große Hilfe, wenn Sie aufschreiben könnten, mit welchen Schulkameraden Ihr Sohn viel Zeit verbracht hat. Vielleicht können Sie auch noch anmerken, in welchem Verhältnis Ihr Sohn zu Fiete Petersen gestanden hat." Herzog sah dem Mann hinterher, der das Zimmer verließ. Dann wandte sie sich ein weiteres Mal an die Mutter.

„Ich gehe davon aus, dass Sie Ihren Sohn schützen möchten", meinte sie, „Und ich kann Sie wirklich gut verstehen. Dennoch muss ich Ihnen sagen, dass mein Kollege und ich ohnehin herausfinden werden, was damals geschehen ist. Wir gehen davon aus, dass die Clique Ihres Sohnes einen Fehler gemacht hat, der jetzt gerächt wird. Bitte helfen Sie uns dabei, um die Freunde Ihres Sohnes zu schützen."

Adriana Helms stiegen die Tränen in die Augen. Sie sah die Ermittlerin an und fragte: „Haben Sie Kinder?"

KAPITEL 37

Wütend schlug Valentine Herzog immer und immer wieder mit den Fäusten aufs Lenkrad. Sie wusste, dass Adriana Helms etwas zu verbergen hatte, und sie war sich sicher, dass es wichtig war. Für einen winzigen Moment hatte sie gedacht, sie hätte die Frau geknackt, doch dann hatte diese sich wieder vollkommen verschlossen. Herzog schnappte sich ihr Diensthandy und tippte eine Nachricht für ihren Partner: „Ich hoffe, deine Befragung war erfolgreicher als meine."

Dann ließ sie den Motor an, drückte das Gaspedal durch und war mit einem Satz aus der Einfahrt der Familie Helms verschwunden.

„Kannst du bitte diese Namen überprüfen?", bat die Ermittlerin Özlem Güngör aus der Recherche, nachdem sie im Morddezernat angekommen war. Sie hielt ihrer Kollegin die Liste der Namen hin, die der Vater von Alexander Helms aufgeschrieben hatte – wenigstens hier hatte sie Erfolg gehabt.

„Wonach soll ich suchen?", fragte Güngör und Herzog zuckte mit den Schultern, als sie antwortete: „Das sind Klassenkameraden, mit denen unser erstes Opfer zu tun hatte. Alexander Helms und Aron Heidenreich wurden bereits ermordet. Unser zweites Opfer könnte also möglicherweise Anette Langström sein oder Frederike Janssen. Schau nach, wo die beiden Frauen leben, und prüfe, wie wir sie erreichen können. Wir müssen herausfinden, ob eine der Frauen unsere Tote ist."

Noch bevor Herzog die Rechercheabteilung verlassen hatte, nahm sie ihr klingelndes Diensthandy ans Ohr. „Ich habe eine neue Spur", rief ihr Kollege ihr über die Motorengeräusche hinweg zu: „Die Eltern unseres dritten Opfers Fiete Petersen waren gesprächig. Wir dürfen nicht nach Einzelpersonen suchen. Es geht um die Klasse, in der unsere Opfer waren. Lass dir von der Recherche die Zeitungsartikel von vor fünf Jahren heraussuchen, die mit der Klasse der Opfer zu tun haben. Ich denke, hier könnten wir die Lösung finden."

Ohne das Telefonat zu beenden, wandte sich Herzog erneut an Özlem Güngör. Sie bat sie um die genannten Zeitungsartikel und ihre Augen weiteten sich bereits beim Lesen der Überschrift:

„Schwerer Skiunfall – Lehrerin eines Gymnasiums stirbt auf Klassenfahrt"

KAPITEL 38

„Hier", Herzog gab ihrem Kollegen die frisch ausgedruckten Seiten, „Ich glaube, du hast einen Treffer gelandet." Während sie erzählte, was sie und Güngör herausgefunden hatten, blätterte sie eine Seite nach der anderen durch:

„Als Abschlussfahrt der Klasse, in dem unsere Opfer waren, haben die Schüler eine Ski-Reise gemacht. Die Klassenlehrerin hieß Hilde Lübke. Am vorletzten Tag vor der Abfahrt hat es einen schweren Unfall gegeben. Die Lehrerin ist gestürzt und hat sich das Genick gebrochen." Karlsson wollte etwas fragen, doch seine Kollegin unterbrach ihn: „Wir haben schon geprüft, welche Angehörigen sie zurückgelassen hat. Damals haben ihre Eltern noch gelebt, allerdings ist ihr Vater vor zwei Jahren gestorben und die Mutter ist alt und gebrechlich und passt demnach absolut nicht in unser Täterprofil. Sie hat keine Kinder gehabt, allerdings einen Mann – Udo Lübke. Da ist er." Wild mit dem Finger pochend, deutete Herzog auf das Foto, welches vor fünf Jahren in einem Internetbericht aufgetaucht war.

Die Ermittlerin sah, wie sich die Augenbraue ihres Kollegen hob. „Denkst du?", fragte er, doch sie nickte bereits: „Seine Größe kann ich auf dem Bild nicht erkennen, jedoch wirkt sein Oberkörper stämmig. Er hat dunkle Haare und auch, wenn die Qualität des Fotos mangelhaft ist, könnte seine Nase leicht schief sein. Zusammen mit der Tatsache, dass er seine Frau verloren hat, die eine Verbindung zu den Opfern hatte, denke ich, dass er es sein könnte."

Doch noch immer schien Karlsson nicht vollständig überzeugt zu sein. „Trotzdem fehlt das Motiv", wandte er ein, „Es hat einen Unfall gegeben. Warum sollte er eine Schülergruppe für den Tod seiner Frau verantwortlich machen? Und hat er es tatsächlich auf die Freunde rund um Alexander Helms abgesehen? Oder ermordet er nach und nach alle Klassenkameraden? Irgendetwas übersehen wir."

Herzog legte ein weiteres Foto vor ihrem Kollegen ab und erklärte: „Das ist Anette Langström. Sie, eine weitere junge Frau und unsere beiden männlichen Opfer waren auf dem Gymnasium eng miteinander befreundet. Die zweite Frau können wir als Opfer ausschließen. Ich habe gerade mit ihr telefoniert. Anette Langström hingegen ist unauffindbar. Zwar habe ich ihre Eltern angerufen, doch die haben sich vor einem halben Jahr mit ihrer Tochter zerstritten. Langström ist weggezogen und hat sich seitdem nicht mehr bei ihnen gemeldet. Die Recherche hat ihre neue Adresse herausfinden können. Und jetzt rate, wo sie wohnt." Herzog wartete die Antwort nicht ab und platzte heraus: „In Wyk auf Föhr – wo unser weibliches Verbrennungsopfer gefunden wurde. Die Kollegen machen sich gerade auf den Weg. Ich denke nicht, dass sie sie antreffen werden."

In diesem Moment klingelte das Handy der Ermittlerin. Sie schloss die Augen, während sie dem Anrufer zuhörte. „Danke", sagte sie am Ende des Gespräches und legte auf. „Anette Langström ist nicht zuhause", bestätigte sie das, was sie ohnehin schon wusste, „Die Kollegen haben allerdings eine angebrochene und verschüttete Milchpackung auf dem Fußboden vorliegend vorgefunden. Sie muss unser Brandopfer sein."

KAPITEL 39

„Damit ist die Hauptfrage noch nicht beantwortet", beharrte Karls-son, „Welches Motiv hätte Udo Lübke, um die Schüler seiner verstor-benen Frau umzubringen?"

Herzog ging im Raum auf und ab. Sie spürte, dass sie und ihr Kollege ganz dicht dran waren, doch auch ihr wollte nicht klarwerden, wes-halb Udo Lübke es gerade auf Alexander Helms und seine Freunde abgesehen haben könnte. Erneut klingelte ihr Diensthandy. „Valen-tine?", hörte sie Özlem Güngörs Stimme, „Ich habe noch mehr gefun-den. Ihr müsst sofort kommen." Herzog brauchte nichts zu sagen. Ein Wink mit dem Arm reichte, um ihrem Kollegen zu deuten, dass er mit-kommen sollte.

„Hier", sagte Güngör und drehte den Ermittlern den Bildschirm zu. Herzog sah die hektischen, roten Flecken auf dem Gesicht ihrer Kol-legin. Auch sie spürte die Aufregung in sich, die sie immer kurz vor der Lösung eines Falles überkam, als sie den archivierten Zeitungsar-tikel las:

„Lehrerin und Leserin stirbt nach Skiunfall

Ein tragischer Unfall hat sich auf einer Klassenfahrt eines gymnasi-alen Abschlussjahrganges abgespielt. Eine Lehrerin brach sich bei ei-nem Sturz das Genick und starb noch am Unfallort."

Herzog schnappte bei den nächsten Sätzen nach Luft:

„Hilde L. aus Sankt Peter Ording war jedoch nicht nur eine beliebte Lehrerin. Freitagnachmittags verwandelte sie sich in die Märchen-tante der Bücherstube in Sankt Peter Dorf. Dort las sie allen interes-sierten Kindern und ihren Eltern neu interpretierte Märchen vor und versüßte ihnen den Nachmittag."

Valentine Herzog spürte den Arm Karlssons, der ihren beim Lesen streifte, spürte die Gänsehaut, die sich beim Lesen in ihr ausbreitete, spürte, wie sie mit der Hand nach dem Arm ihres Kollegen griff, als das Bild klar wurde.

„Wir haben ihn", meinte sie und sah ihrem Kollegen fest in die Augen. Und sie erkannte, dass auch aus ihm der letzte Rest Unsicherheit gewichen war.

Herzog und Karlsson liefen zum Auto. Es war Zeit, Udo Lübke einen Besuch abzustatten. Auf dem Weg dorthin wählte Karlsson die Nummer der Familie Helms:

„Frau Helms, wir wissen inzwischen von dem Skiunfall der Lehrerin Ihres Sohnes. Meine Kollegin und ich haben nun einen Tatverdächtigen und müssen Sie ein weiteres Mal dringend um Ihre Mithilfe bitten. Ihr Mann hat meiner Kollegin eine Liste von Namen gegeben. In der Zwischenzeit ist bei der Recherche jedoch ein weiterer Name aufgetaucht, der nicht auf der Liste steht, jedoch im Zusammenhang mit den aktuellen Morden stehen könnte. Sagt Ihnen der Name Lasse Meyer etwas?"

Es dauerte einen Moment und Herzog spürte, wie sie immer unruhiger wurde. Nachdem Özlem Güngör den Namen ‚Udo Lübke' ins System eingegeben hatte, hatte sich eine bereits geschlossene Polizeiakte geöffnet. Hierbei hatte es sich um einen Selbstmord gehandelt, der Anfang des Jahres stattgefunden hatte und bei dem Lübke Zeuge gewesen war. Der suizidale Mann trug den Namen ‚Lasse Meyer' und hatte dieselbe Klasse besucht wie die Mordopfer. Die Wahrscheinlichkeit, dass der alte und der aktuelle Fall in engem Zusammenhang miteinander standen, war groß und die Antwort von Frau Helms würde ihnen zeigen, ob sie richtig lagen.

Wenige Minuten später hatte Karlsson aufgelegt. „Lasse Meyer war tatsächlich ebenfalls ein Cliquenmitglied", klärte er seine Kollegin auf, „Allerdings muss der Vater von Alexander Helms seinen Namen auf der Liste vergessen haben. Frau Helms hat erwähnt, dass die Clique sich nach dem Unfall auseinandergelebt hätte. Sie hat dir nichts sagen wollen, weil ihr Sohn nach dem Unfall nicht mehr derselbe gewesen ist. Sie hatte gehofft, dieses Kapitel im Leben ihres Sohnes vermeiden zu können."

Herzog nickte und dachte erneut an die Polizeiakte, die sie kurz zuvor gelesen hatte: „Lasse Meyer hat sich seit dem Unfall vermutlich auch stark verschlossen. Nur, dass er die Kurve nicht bekommen hat. Es kann kein Zufall sein, dass er sich Anfang des Jahres vor den Augen von Udo Lübke erschossen hat. Irgendetwas muss an dem Tag geschehen sein, als Hilde Lübke den Skiunfall hatte."

KAPITEL 40

„Herr Lübke?", Valentine Herzog trommelte zum wiederholten Mal mit der Faust gegen die Haustür, „Herr Lübke, machen Sie die Tür auf. Wir müssen mit Ihnen sprechen."

Doch noch immer gab es von drinnen keine Regung. „Aufbrechen?", fragte Karlsson, doch seine Kollegin schüttelte den Kopf: „Ich gehe links ums Haus herum und du rechts. Vielleicht können wir etwas erkennen." Herzog schlich sich von einem Fenster zum nächsten, warf vorsichtig Blicke nach drinnen, konnte jedoch nichts Auffälliges entdecken. Sie schreckte zusammen, als ihr Diensthandy klingelte. Unter dem Schluchzen der Frauenstimme konnte sie nichts verstehen, dennoch hatte sie die Nummer gleich erkannt.

„Frederike Janssen?", fragte sie. Es war die Nummer, die sie selbst vorhin gewählt hatte. Das fünfte und einzige noch lebende Cliquenmitglied schien tief Luft zu holen, bevor es endlich deutlicher sprach. „Er hat mich", flüsterte sie ins Telefon, „Ich bin in seinem Kofferraum." Herzog winkte ihren Partner, der gerade um die Hausmauer kam, zu sich. Sie schaltete das Telefon auf laut und deutete auf die Nummer von Frederike Janssen.

„Orten", flüsterte sie ihrem Kollegen zu, welcher nun seinerseits sein Diensthandy zückte, um die Kollegen anzurufen.

„Frederike, atme ganz ruhig", versuchte Herzog, die junge Frau zu beruhigen, „Gibt es in dem Kofferraum einen Knopf, den du drücken kannst?" Sie wartete einen Moment, hörte dann jedoch die verneinende Antwort der Frau. „Kannst du mir sagen, ob das Auto, in dem du dich befindest, fährt oder steht?", Herzog glaubte, die Antwort bereits durch die Umgebungsgeräusche der Frau zu kennen, hörte dennoch die Bestätigung, dass das Auto sich bewegte. „Kannst du irgendetwas entdecken, was dir helfen könnte, zu fliehen? Etwas Schweres, mit dem du deinen Entführer schlagen kannst, oder etwas, womit du versuchen kannst, den Kofferraum aufzustemmen?", fragte Herzog, doch Frederike Janssen verneinte: „Ich bin gefesselt, konnte Ihre Nummer nur durch die Wahlwiederholung hinter meinem Rücken finden. Er hat mich mit einer Pistole bedroht und ich kann mich nicht befreien."

Valentine Herzog warf einen Blick auf das Handy, das ihr Kollege ihr hinhielt. „Hör mir jetzt gut zu", sagte sie zu Janssen, während sie bereits in Richtung ihres Wagens rannte, „Wir haben dein Handy geortet und folgen euch jetzt. Pass auf, dass das Handy bei dir bleibt. Stecke es in deine Socken oder in deine Unterwäsche. Wo auch immer du es an deinem Körper verstecken kannst. Wir machen uns auf den Weg."

Herzog wollte weitersprechen, spürte jedoch sofort die Veränderung am anderen Ende. „Ihr seid stehen geblieben?", fragte sie, als das Surren des Motors durch den Lautsprecher verebbte. Doch noch bevor sie Frederike Janssen auffordern konnte, das Handy jetzt sofort zu verstecken, hörte sie den spitzen Schrei der Frau, als die Kofferraumklappe sich öffnete.

„Das hast du dir fein ausgedacht", hörte Herzog die tiefe Stimme. „Herr Lübke?", rief Herzog laut, damit er sie hören konnte.

„Herzlichen Glückwunsch", die Stimme des Mannes war nun so laut, dass er das Telefon ans Gesicht gebracht haben musste, „Sie wissen also, wer ich bin. Doch Sie werden nicht herausfinden, wohin es geht. Das liebe Mädchen und ich haben noch ein Treffen, das wir nicht verpassen möchten. Doch keine Sorge: Danach bin ich fertig. Dann ist unser gemeinsames Märchen zu Ende und Sie können endlich Feierabend machen." Lübke beendete die Verbindung. Kurz danach brach auch die Standortsuche des Telefons ab.

KAPITEL 41

„Nein!" – Herzog hörte die Stimme ihres Kollegen, die gleichermaßen wütend wie verzweifelt klang. Mit einem sicheren Zug lenkte sie das Auto an den Fahrbahnrand. „Zeig her", sagte sie und öffnete die Hand, um das Diensthandy ihres Kollegen anzusehen. Der rote Punkt, der bis eben auf dem Display geblinkt hatte, war stehengeblieben, und der Satz „Verbindung verloren" stach sich in ihre Augen.

Herzogs Blick flog über den Bildschirm, als sie die Umgebung auf der Karte des Handys absuchte. Dann endlich wusste sie, wohin sie fahren mussten. Blitzschnell fuhr sie zurück auf die Straße und gab Gas. „Rapunzel und Gothel", klärte sie ihren Partner auf, „Das muss es einfach sein. Im Märchen wird Gothel vom Prinzen aus dem Turm gestoßen, in dem sie Rapunzel gefangen gehalten hat. Sie stürzt in die Tiefe und stirbt. Wir müssen zum Westerhever Leuchtturm."

Valentine Herzog spürte, wie die Straße unter ihr hinwegglitt. Sie drückte das Gaspedal bis zum Anschlag durch und hatte dennoch das Gefühl, dass die Zeit wie im Flug verging. „Er hat nichts mehr zu verlieren, weil sie ohnehin sein letztes Opfer ist. Das hat er mir am Telefon gesagt. Ihm kommt es jetzt nur noch auf den Mord an, damit ist sein Auftrag erledigt. Was mit ihm passiert, scheint ihm nicht wichtig zu sein – was ihn zu einem noch gefährlicheren Täter macht", sprach sie die Gedanken, die ihr kamen, laut aus, „Warum sonst sollte er Frederike Janssen mitten am Nachmittag entführen? Ich denke, er wird versuchen, sie während einer Besichtigung vom Turm zu stoßen. Auf anderem Weg kommt man sonst nämlich nicht nach oben. Bis nach oben wird er sie mit der versteckten Waffe bedrohen und dort handeln." Der Kontakt zum Handy von Frederike Janssen war nur wenige Kilometer vom Leuchtturm Westerhever entfernt abgebrochen.

Vermutlich hatte Udo Lübke einen Zwischenstopp eingelegt, um die junge Frau zu sich nach vorne ins Fahrzeug zu holen. Schließlich würde er sie am Parkplatz nicht einfach aus dem Kofferraum holen können. Der Leuchtturm befand sich am westlichen Eingang zum Nationalpark Wattenmeer und seit geraumer Zeit konnten Besucher ihn ansehen und auch dort übernachten. Herzog wusste, dass der Leuchtturm mit seinem Panoramablick auf die Landschaft Touristen anlockte und mehr als 40 Meter hoch war. Einmal hatte Theo eine kleinere Malerarbeit in einem der Zimmer übernommen und davon geschwärmt, wie ihm die nordische Brise um die Nase geweht war, als er das kleine Fenster geöffnet hatte.

Mit quietschenden Reifen kam Herzog zum Stehen. Sie stieg aus dem Wagen und rannte los. Die Strecke vom Bezahlparkplatz bis zum Leuchtturm dauerte, laut ihres Ehemannes, eine gute halbe Stunde zu Fuß. Herzog hoffte darauf, die Zeit, die Lübke ihnen voraushatte, durch einen Sprint über die Salzwiesen wiedergutzumachen.

„Findet gerade eine Besichtigung statt?", platzte sie ohne Begrüßung heraus, als sie und ihr Partner endlich im Leuchtturm ankamen. Die Rezeptionistin nickte, brachte jedoch kein Wort heraus. Erschreckt starrte sie auf die Dienstmarke der Ermittlerin.

„Wo sind die Teilnehmer in diesem Moment?", fragte Herzog und die Hoffnung, Frederike Janssen zu retten, schwand mit der Antwort, die die Frau ihr gab:

„Sie müssten inzwischen bei der Befeuerung angekommen sein."

Herzog und Karlsson rannten zu den Treppen. Sie nahmen mehrere Stufen auf einmal. Sie wusste, dass Frederike Janssen inzwischen über vierzig Meter über dem Boden sein musste – nur durch einige Metallstäbe vom Sturz gesichert.

KAPITEL 42

Die Ermittler hörten die spitzen Aufschreie der Besucher, noch bevor sie oben ankamen. Herzog stöhnte auf. Das konnte nur bedeuten, dass Udo Lübke die Waffe gezogen haben musste. Sie kamen zu spät.

„Zur Seite, Polizei", schrie Karlsson, während Herzog sich bereits durch die schockierte Menge kämpfte.

„Lübke", rief sie selbst und stand dem Mann, der für die Nipptide-Morde verantwortlich war, bereits gegenüber. „Herr Lübke, Sie müssen das nicht tun", tastete sie sich vorsichtig voran und behielt die Waffe, die Udo Lübke auf den Kopf der jungen Frau gerichtet hatte, im Blick. Sie spürte, wie ihr Partner hinter ihr bereits anfing, einen Besucher nach dem anderen die Treppe hinunter zu manövrieren. Zwar hatten sie bereits auf dem Weg nach Westerhever Verstärkung angefordert, doch war unklar, wie lange die Kollegen brauchen würden, bis sie vor Ort sein würden. Eine Massengeiselnahme konnten sie in diesem Moment beim besten Willen nicht gebrauchen.

„Herr Lübke", versuchte sie es erneut. Ihre Augen fanden den kalten, leeren Blick des Mannes, der Frederike Janssen immer weiter in Richtung des Abgrundes zwang.

Die Frau stand in unmittelbarer Schussbahn der Ermittlerin, sodass Herzog keinen Versuch starten konnte, den Täter auszuschalten, ohne die Geisel zu gefährden. Auf Lübkes Gesicht breitete sich ein kaltes Lächeln aus.

„Sie wissen von meiner Frau?", fragte er. Seine tiefe Stimme war ebenso kalt wie seine Augen. Herzog nickte.

„Ja, wir wissen von Hilde", meinte sie, „Und wir bedauern Ihren Verlust. Doch die jungen Menschen, denen Sie wehtun, können nichts dafür.

Ihre Eltern erleben die gleiche Trauer, die Sie selbst empfinden." Herzog konnte keinerlei Regung im Gesicht ihres Gegenübers erkennen. Der Appell an sein Mitgefühl hatte nichts gebracht. Weder der Hinweis, dass er seinen Opfern Schmerzen zufügte, noch, dass die Eltern litten, konnten ihn erweichen. Herzog änderte ihre Taktik und versuchte, Zeit zu gewinnen.

„Warum?", fragte sie und wandte sich damit an den rationalen, kognitiven Teil im Täter, „Wir haben noch nicht verstanden, warum Sie diese Gruppe für den Tod Ihrer Frau verantwortlich machen."

Endlich erkannte Herzog eine Reaktion in dem Mann. Ein eisiges Lächeln breitete sich auf seinen Lippen aus, er drückte die Geisel fester an sich, woraufhin Frederike Janssen ein angsterfülltes Wimmern ausstieß. Sie und ihr Geiselnehmer standen inzwischen am Rand der Metallstangen, die sie vom Abgrund trennten. Udo Lübke zog sie einen Schritt auf das metallische Gestänge. Herzog wusste, dass sie nicht mehr viel Zeit hatte, bevor Lübke die Frau nach unten stürzen würde.

KAPITEL 43

Herzog spürte, wie ihr Partner mit gehobener Waffe an ihre Seite trat. Er hatte in ihrem Rücken die Besucher erfolgreich evakuiert. Dass Lübke keine Anstalten gemacht hatte, die Evakuierung zu unterbrechen, bewies, dass der Tod von Frederike Janssen der einzige Grund für ihn war, hier zu sein.

„Erzählen Sie uns von Lasse Meyer", startete Herzog einen neuen Versuch. Endlich hielt Lübke in seiner Bewegung inne. Er pfiff anerkennend durch die Zähne.

„Sie haben Ihren Job gut gemacht", lobte er in abfälligem Ton, „Lasse Meyer hat sich erschossen. Er hat mir ins Gesicht gesehen, als er sich die Pistole in den Mund gesteckt und abgedrückt hat." Herzog sah, wie Frederike Janssen in den Armen ihres Entführers zusammenzuckte, doch sie erkannte auch den Griff, den Lübke nur noch fester um seine Geisel schloss.

„Bis zu dem Tag habe ich gedacht, meine Frau wäre durch einen Unfall gestorben. Doch der feige Hund hat mir vor seinem Selbstmord eine SD-Karte in den Briefkasten gesteckt. Er hat auch einen Brief geschrieben, in dem er gesteht, dass er mit der Schuld am Tod von Hilde nicht leben kann. Er hat gedacht, ich würde seine Freunde bei der Polizei mithilfe des Videos anzeigen. Doch so leicht wollte ich es ihnen nicht machen", erklärte Lübke. Herzog ließ sich ihre Überraschung nicht anmerken. Sie wusste, dass sie und ihr Partner nun endlich das Motiv der Morde erkennen würden. „Lasse Meyer und seine Freunde waren schuld am Tod ihrer Frau", wiederholte sie das, was sie gerade gehört hatte, und ergänzte ihre logische Schlussfolgerung.

Lübke nickte. Dann wandte er sich an die junge Frau, die er noch immer fest in seinem Griff hatte. „Sie hat mich am Arsch gekriegt", sagte er und riss Frederike Janssen am Zopf. „Sie hat mich am Arsch gekriegt", wiederholte er die Worte – dieses Mal an Herzog und Karlsson gewandt:

„Das sind die ersten Worte, die Frederike auf dem Video sagt, das mir zugespielt wurde. Meine Frau steht am Abhang der Piste und wird gefilmt, wie sie mit ihren Schülern herumscherzt. Währenddessen sagt unsere kleine Freundin hier diesen Satz. Erzähl doch mal, Frederike. Wobei hat meine Frau dich erwischt? Die Frage wollte mir nämlich keiner deiner Vorgänger beantworten."

Frederike Janssens Lippen zitterten, doch kein Wort kam aus ihrem Mund. Lübke zog ihren Kopf noch ein Stück dichter zu sich heran, drückte ihr die Waffe fest an den Kopf. „Ich habe Gras geraucht", schrie die Frau panisch, „Sie wollte es meinen Eltern sagen. Deshalb haben wir uns einen Scherz überlegt. Ich dachte, wenn sie mich verrät, dann soll sie sich vorher auch blamieren – so hätten wir beide eine peinliche Erinnerung an diese Klassenreise gehabt. Es sollte witzig sein. Es tut mir so leid!"

KAPITEL 44

Lübke wandte sich erneut an die Ermittler: „Die kleine Gruppe um diese junge Frau herum wollte sich also einen Spaß mit meiner Frau erlauben. Wenn ich mich recht erinnere, sagt Fiete Petersen auf dem Video, dass sie sich ‚so richtig hinmaulen' wird. Er meint dann, dass ihm das am Vortag selbst passiert wäre, weil er seinen Ski nicht ordentlich mit den Schuhen verbunden hat. Auf dem Video steht meine Frau an einer Piste. Frederike, kannst du unseren Freunden hier verraten, welche Piste das ist und warum meine Frau an ihr gescheitert ist? Deine Freundin Anette Langström, die kleine Hexe, hat es mir zwar bereits verraten, bevor sie in Flammen aufging, aber sicher magst du es für uns alle noch einmal zusammenfassen?"

Frederike liefen Tränen über die Wangen, als sie sprach. Herzog sah, wie sie bei den Worten Lübkes erzitterte: „Einige von uns sind während der Klassenfahrt nicht gut vorangekommen. Deshalb wollte Frau Lübke mit ihnen noch einmal die ganz einfache Piste fahren. Da hätte nichts Schlimmes passieren können, außer, dass Frau Lübke auf den Hintern fällt, dachten wir. Wir haben in der Nacht ihre Skibindungen etwas gelöst. Der Plan war, dass sie während der Abfahrt ein Ski verliert und deshalb hinfällt. Dass sie von der Bahn abkommen würde, hätten wir niemals gedacht."

Udo Lübke unterbrach seine Geisel und wandte sich an Herzog und Karlsson: „Das kleine Grüppchen hat sich nichts dabei gedacht. Wir müssen bedenken, dass es sich bei den Bindungen um etwas handelt, das bei der Abfahrt Halt gibt. Sind die Bindungen zu fest, können sich die Skier beim Sturz nicht lösen und schwere Verletzungen hervorrufen. Sind sie zu locker, können die Skier während der Fahrt vom Fuß fallen. Ohne passende Bindung wird jede Abfahrt zum russischen

Roulette. Petersen hat mir gestanden, wie sehr er in den letzten Jahren unter seinem Fehler gelitten hat. Er ist sogar aus Sankt Peter Ording weg und nach Cuxhaven gezogen, weil er seiner Schuld entfliehen wollte. Er meinte, es hätte ihm jedes Mal einen Stich versetzt, wenn er mir zufällig begegnet sei. Doch ihr könnt mir glauben, dass sein Leid in den letzten Jahren nichts war im Vergleich zu dem Moment, als ich ihm die Zehen abgehackt habe."

Herzog sah, wie Frederike Janssen die Augen aufriss, doch Lübke sprach bereits weiter: „Ich hätte ihm gerne auch noch die Fersen abgetrennt, aber zu dem Zeitpunkt war er bereits dämmrig. Deshalb habe ich ihm den Fuß direkt abgeschlagen. Er sollte doch so viel wie möglich bewusst von unserem kleinen Spielchen miterleben. Dass er an seiner eigenen Kotze erstickt, habe ich zu spät bemerkt. Sonst hätte ich das Klebeband gelöst." Lübke lachte auf und kam ins Schwanken.

„Und was ist mit Lasse Meyer, Alexander Helms und Anette Langström?", versuchte die Ermittlerin, Udo Lübke wieder zur Konzentration zu bringen.

„Meyer war eine Memme", winkte dieser ab, „Der hat auf der Aufnahme mehrmals nachgehakt, ob auch wirklich nichts Schlimmes geschehen könnte. Und dann hat er sich nach all den Jahren schließlich selbst erschossen. Der hat offenbar fast so sehr gelitten wie ich. Langström und Helms hingegen haben meine Frau leise ausgelacht. Sie haben sich perfekt zum Filmen aufgestellt. Meine Frau hatte keine Ahnung, dass sie nicht sicher war. Sie lachte ihre Schüler an, hatte so viel Freude an ihrem Beruf. Sag, mochtest du meine Frau als Lehrerin?"

Frederike Janssen hatte die Augen inzwischen geschlossen. Sie nickte und Tränen rannen ihr weiter die Wangen hinunter.

Udo Lübke schrie auf: „Und warum hast du sie dann nicht GEWARNT?" Er schlug ihr die Pistole mit einem gewaltigen Schwung ins Gesicht. Blut spritzte aus Janssens Nase und lief ihr am Kinn herab. Ihr Schrei war markerschütternd.

KAPITEL 45

Valentine Herzog übte mehr Druck mit ihrem Zeigefinger auf den Abzug aus. Sie spürte, dass die Eskalation kurz bevorstand, und wusste, dass sie nicht zögern durfte, wenn sich auch nur die kleinste Gelegenheit ergab. „Was ist dann passiert?", versuchte sie erneut, Udo Lübkes Aufmerksamkeit auf sich zu lenken.

„Das kann uns unsere kleine Freundin hier erzählen", meinte er und rüttelte an Frederike Janssens Körper.

„Die Klasse hat angefangen, zu jubeln, als Frau Lübke sich fahrbereit gemacht hat", erzählte sie, während sie noch immer mit dem Blut aus ihrer Nase zu kämpfen hatte.

Lübke ging es offenbar zu langsam, weshalb er das Gespräch wieder übernahm: „Meine Frau war eine fantastische Skiläuferin. Wir waren selbst oft genug in den Bergen unterwegs gewesen. Aber mit Skiern zu fahren, die nicht ordentlich mit den Schuhen verbunden sind, ist, als würde man versuchen, mit einer Messerklinge ohne Griff zu schneiden. Das kann gutgehen, muss es aber nicht. Als die Klasse anfing, zu jubeln, fragte Lasse Meyer erneut, ob ihr nicht doch eingreifen sollt."

Die nächsten Worte schrie Lübke in die Richtung seiner Geisel: „Das wäre eure Chance gewesen! In diesem Moment hättet ihr sagen müssen, dass ihr die Bindung manipuliert habt. Warum hat keiner von euch etwas gesagt?"

Janssen zuckte mit den Schultern: „Ich hatte solche Angst", gestand sie, „Ich hatte ohnehin Ärger zu erwarten. Wenn ich zugegeben hätte, was wir getan haben, wäre ich von der Schule geflogen. Und ich habe ganz ehrlich gedacht, es könnte nichts Schlimmes passieren!"

Herzog nahm wahr, wie ihr Partner während des gesamten Gespräches Stück für Stück von ihr abgerückt war. Mit jedem Tippeln seiner Füße hatte er den Bogen ein Stück weiter gespannt, sodass er Lübke immer näherkam. Sie nickte ihm unauffällig zu, als er ihr einen Blick zuwarf.

In diesem Moment wandte sich Lübke erneut an die Ermittlerin: „Als Meyer meine Frau vorwarnen wollte, packte Fiete Petersen ihn am Arm. ‚Wehe‘, drohte er ihm, ‚Wehe, du sagst etwas. Dann sind wir alle am Arsch.‘ Und so ließen allesamt meine Frau die Piste fahren. Ich werde ihren Schrei, als sich einer der Skier löst und sie von der Piste abkommt, niemals vergessen. Erst nach diesem Moment wird die Kamera abgeschaltet. Diese Menschen haben meine Frau getötet. Und sie haben es gefilmt."

KAPITEL 46

Herzog sah die Veränderung in den Augen Lübkes. Sie erkannte sofort, dass seine Entscheidung gefallen war. In diesem Moment geschahen mehrere Dinge gleichzeitig. Lübke ließ die Waffe fallen, um seine Geisel nun auch mit dem zweiten Arm zu packen. Herzog nickte ihrem Kollegen zu, der ohne Zögern auf die beiden zusprang. Noch im selben Augenblick stürzte sich Lübke zusammen mit der jungen Frau über die Brüstung.

Die Ermittlerin hörte den Aufschrei der Besucher, die am Fuß des Leuchtturms warteten. Auch sie befand sich bereits mitten im Sprung, um ihren Kollegen zu sichern und Janssen zu packen. Gemeinsam hielten sie die Frau fest, welche sie gerade noch am Arm erwischt hatten. Frederike Janssen warf Herzog einen flehenden Blick zu. Die Ermittlerin griff mit ihrer freien Hand nach dem Oberarm der Frau, doch sie spürte, wie sie ihr unter den Fingern wegglitt. Auch Karlsson konnte kein weiteres Mal zugreifen, weil er selbst genug Mühe hatte, sich an den Metallstangen der Brüstung festzuhalten.

Herzog sah an der in der Luft hängenden Frau vorbei, erkannte Lübke, der bis zu ihren Beinen hinuntergerutscht war und sich an diesen festklammerte. Die Blicke der beiden trafen sich. Für einen winzigen Moment erkannte Herzog den Funken Lebenswillen, der in Lübkes Augen aufflammte. Doch so schnell, wie er gekommen war, versiegte er auch wieder. Lübke versuchte, sich nach oben zu kämpfen. Seine Muskeln traten hervor, als er sich Stück für Stück weiter an Janssen nach oben zog. Herzog hielt die Luft an, als Lübke den Halt verlor und bis zu den Fußfesseln der Frau hinunterrutschte. Lübke packte die Füße der jungen Frau, welche schmerzerfüllt aufschrie. Er musste wissen, dass er keine Chance hatte, sich nach oben zu ziehen und Janssen aus den Händen der Ermittler zu befreien, weshalb er seine Taktik änderte. Lübke begann, sich vor und zurück zu schaukeln. „Nein!", Herzog schrie auf, als sie spürte, dass Frederike Janssen aus ihren Fingern zu rutschen drohte. Sie packte die Frau erneut und verlor dabei fast selbst den Halt.

Im selben Moment rutschte auch Lübkes Hand vom Fuß seiner Geisel ab. Mit einem Arm hing er an ihr, doch seine Kraft schien ihn zu verlassen. Herzog sah, wie Lübke versuchte, den zweiten Fuß erneut zu packen, jedoch ins Leere griff. Ein letztes Mal trafen sich die Blicke von Täter und Ermittlerin. Herzog hörte die Worte nicht, die Lübke sprach. Sie erkannte sie jedoch an seinen Lippenbewegungen:

„Und wenn sie nicht gestorben sind ..." Er nickte Herzog ein letztes Mal zu, dann ließ er sich in die Tiefe fallen.

KAPITEL 47

Valentine Herzog schloss die Augen, atmete den Geruch des Kaffees ein, der ihr in die Nase drang. Immer und immer wieder hörte sie den Aufprall des Mannes auf dem Boden, sah in ihren Gedanken, wie der Körper mit einem gewaltigen Ruck komprimiert wurde, bevor er verdreht auf dem Boden liegenblieb. Sie hörte die Schreie der Besucher wieder und wieder und sah vor ihrem inneren Auge die Kollegen, die in der Ferne über die Wiese in Richtung Leuchtturm gelaufen kamen. Sie spürte erneut die Kraftanstrengung, unter der sie und ihr Partner Frederike Janssen zurück über die Brüstung ziehen und in Sicherheit bringen konnten.

„Wie geht es Ihnen?", Michael Hagedorn saß seinem Team gegenüber und hatte einen ernsten Blick aufgesetzt, „Es muss schlimm gewesen sein, den Absturz des Mannes mitzuerleben."

Herzog pustete in ihren dampfenden Kaffee, bevor sie antwortete: „Er hat sich selbst entschieden", sagte sie endlich, „Udo Lübke ist nicht gefallen. Er hat bewusst losgelassen." Hagedorn wollte etwas fragen, doch Herzog erklärte bereits von selbst: „Er hat die letzte Phrase aller Märchen zitiert, die den Grimm'schen Märchen in neuen Übersetzungen hinzugefügt wurde. Er sagte, ‚Und wenn sie nicht gestorben sind', die Phrase geht weiter mit den Worten, ‚Dann leben sie noch heute'. Ich denke, er will mich anklagen. Anklagen dafür, dass eine derjenigen, die für den Tod seiner Frau verantwortlich sind, noch immer lebt. Er hat es mir zur Aufgabe gemacht, sein Märchen zu beenden – indem ich Frederike Janssen vor Gericht bringe. Und eine andere Wahl habe ich schließlich auch nicht. Frederike Janssen wird sich verantworten müssen."

Hagedorn wandte sich an Karlsson: „Wie ist es mit Ihnen?" Auch Karlsson nickte: „Es geht schon", meinte er, „Ich war mir nicht sicher, ob es funktionieren würde, aber Valentine hat mich ermutigt, näher an Lübke heranzurutschen. Täter, die töten, weil sie das Töten lieben, sind häufig vollkommen gelassen und sehr aufmerksam. Ein solcher Täter hätte meine Bewegungen sofort bemerkt. Doch Lübke war vollkommen anders. Er war so sehr außer sich. Lübke wurde von seiner Wut übermannt, darauf hat Valentine mich bereits vor einigen Tagen aufmerksam gemacht. In seiner Wut wurde er rasend, sah die Situation wie mit Scheuklappen. Er hat nicht gemerkt, dass ich den Platz gewechselt habe. Frederike Janssen hatte Glück, dass wir es mit einem Täter dieser Art zu tun hatten. Ansonsten hätte sie keine Chance gehabt."

Hagedorn schloss die Akte, die vor ihm lag. Mit dieser Bewegung verschwanden sämtliche Fotos und Berichte. Auch die SD-Karte, die die Spurensicherung in Udo Lübkes Haus gefunden hatte, wurde als Beweismaterial in einer Box aufbewahrt, deren Deckel Hagedorn in diesem Moment verschloss. Das war es gewesen. Das Märchen der Nipptide-Morde war beendet. Doch der Ausgang war realistischer – weniger optimistisch – als jedes Märchen, welches Herzog bisher gelesen hatte.

KAPITEL 48

Valentine Herzog zog ihre Haustür hinter sich zu. Ihr Partner hatte sie noch gebeten, einen Cocktail mit ihm im Café Köm zu trinken, doch sie hatte abgelehnt. Ihr war jetzt nach einem heißen Bad zumute. Sie würde die Musik laut aufdrehen, um ihre Gedanken zu vertreiben, und sich die steifen Muskeln vom warmen Wasser lockern lassen. Herzog hielt einen Moment inne, ließ den Kopf mehrmals in der Luft kreisen. Sie spürte die leichten Kopfschmerzen, die in der Nackengegend begannen und sich ihren Weg über den Hinterkopf bis in die Stirn bahnten. Für einen kurzen Augenblick gönnte sie sich die Erinnerung an den Moment, in dem sie und Karlsson sich verabschiedet hatten.

Sie hatten sich umarmt und dabei eine Weile länger in der Umarmung verweilt, als es üblich war. Herzog hatte gespürt, dass dieser Fall sie und ihren Partner für immer miteinander verbinden würde. Er hatte ihr mit der Hand den Rücken entlanggestrichen und ihre Schultern fest gedrückt, bevor er sich mit einem Wangenkuss von ihr verabschiedet hatte.

Als Herzog das Badewasser einlaufen ließ, klingelte ihr Handy. Sie sah nicht aufs Display, wollte sie doch so schnell wie möglich in die Wanne.

„Ja?", fragte sie, doch am anderen Ende blieb es still.

„Hallo?", fragte sie erneut, hörte sie doch deutlich das leise Atmen.

„Hören Sie, wer ist denn da?", fragte sie erneut. Dieses Mal klang ihre Stimme genervt.

Die Worte, die der Mann sprach, bevor die Leitung tot war, waren lediglich ein Flüstern: „Ich sehe euch. Ich beobachte euch. Ich weiß, was ihr tut.